청소년을 위한 **환경** 에세이

ENVIRONMENTAL ESSAY

청소년을 위한
환경에세이

개정판 1쇄 인쇄 | 2012년 11월 12일
개정판 1쇄 발행 | 2012년 11월 16일

지은이 | 박찬희
펴낸이 | 진성옥 · 오광수
펴낸곳 | 꿈과희망
디자인 · 편집 | 김창숙, 박희진
영   업 | 최대현, 김진용
출판등록 | 제1-3077호

주소 | 서울특별시 용산구 갈월동 101-49 고려에이트리움 713
전화 | 02)2681-2832
팩스 | 02)943-0935
e-mail | jinsungok@empal.com

ISBN | 978-89-94648-33-0 03810
※ 책값은 뒤표지에 있습니다.

지구를 살리는 방법은 환경에 달려 있다

　얼마 전 아토피성 피부를 갖고 있는 아기를 위해 이민을 가는 가족에 대해 방송을 한 적이 있습니다. 공기가 맑은 어느 나라에 갔더니 그곳에서 아이는 전혀 아프지 않았다고 합니다.

　지금까지 인간들에게 가장 큰 놀이터가 있다면 바로 지구입니다. 지구만큼 아무 소리 없이 마음껏 신나게 놀도록 내버려두는 곳은 없습니다.

　그러나 이제 우리의 신나는 놀이터였던 지구가 몸살을 앓다가 드디어 중병에 걸린 환자가 되어 버렸습니다.

　그동안 우리는 지구에게 한 마디 양해도 없이 나만 잘 살겠다는 생각 하나로 마음껏 산도 깎고, 물도 막고, 땅도 파헤치면서 지내왔습니다. 아무 말 하지 않는다고 우리 마음대로 마구 짓이겨 놓은 것입니다.

　이제 지구는 더이상 견디지 못하고 쓰러질 정도로 중환자가 되어버렸습니다. 지구를 고쳐줄 의사는 어디에도 없습니다. 하지만

우리 모두 의사가 될 수는 있습니다. 그만큼 지구를 고치는 방법은 아주 간단하고 쉬운 것입니다.

지구가 아프다고 해서 우리가 다른 곳으로 갈 수도 없습니다. 더구나 지구가 아프게 되면 그곳에 사는 우리도 여러 가지 병에 걸리게 됩니다. 우리가 나을 수 있는 방법은 지구를 아프지 않게 해야하는 것이고, 그 방법은 아주 간단합니다.

우리 주변을 돌아보면 지구를 아프게 하는 것들뿐입니다. 우리가 편리하다고 쓰는 물건들은 공기를 썩게 하고 환경을 오염시킵니다. 그 속에서 우리가 살고 있는 것입니다.

환경을 오염시키지 말고 자연 그대로 살게 하는 것이 바로 지구를 구하는 길입니다.

지구는 나 혼자 사는 곳이 아닙니다. 사람만 사는 곳도 아닙니다. 자연과 함께 더불어 살아갈 수 있을 때 지구는 우리 곁으로 다시 돌아올 것입니다.

■ 차례

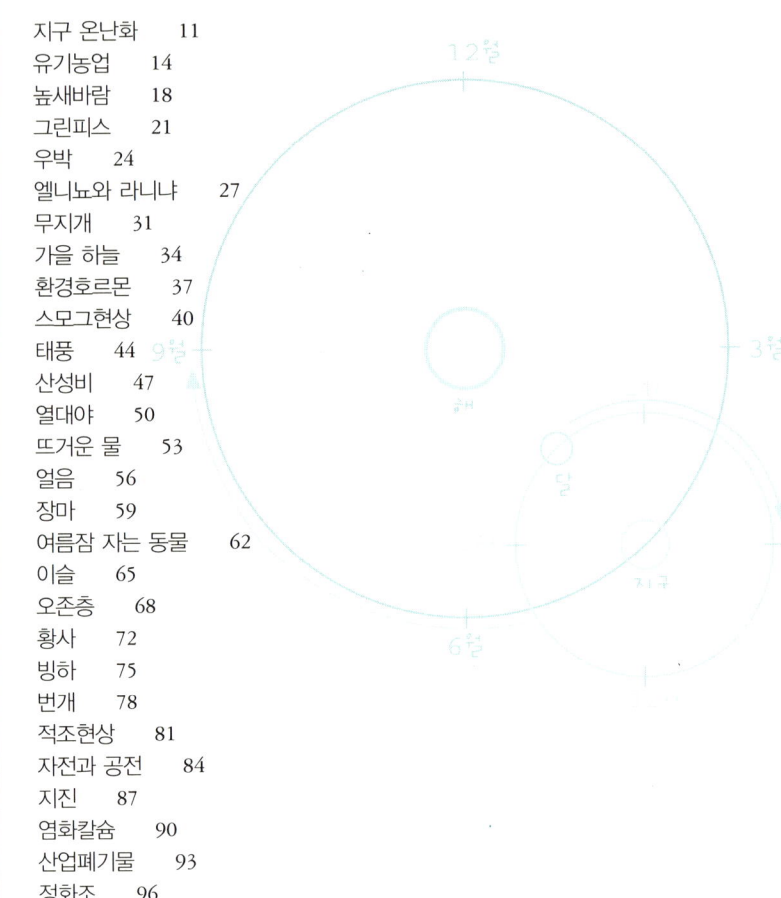

제2부
환경보호를 위한 생활 속의 작은 실천 12가지

제3부

폐품으로 만드는 생활용품 19가지

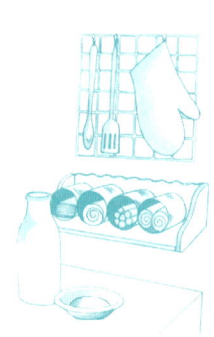

부록

1

과학과 세상을
이해하는 환경 상식

맑은 공기와 맑은 물 모든 것이 자연과 함께 어우러졌던

인간의 삶은 산업혁명 이후 공업화가 급속도로 진전되면서

환경 문제라는 새로운 난제에 부딪히고 있다.

이에 따라 환경에 대한 상식은 어느 곳에 살든 어떤 일을 하든

지구촌 모든 사람들이 알아야 할 중요한 지식이 되었다.

또 이같은 환경 관련 지식들은 우리가 우리의 환경을

보호하고 유지하기 위해 가정, 직장, 사회 활동에서

저마다 스스로 무엇을 실천할 것인지를 알려준다.

그 누가 자연과 같이 색을 칠할 수 있겠는가?

그처럼 아름다운 창조물 속에서는

'상상력'인들 자연과 같은 색깔을 자랑할 수 있겠는가?

– 제임스 톰슨 –

지구 온난화 방지에는 탄산가스 억제가 가장 중요

global warming

"봄, 가을이 없어졌어. 예전에는 안그랬는데 대체 왜 이러는 건지 알 수가 없네."

사람들은 최근 들어 이런 말을 자주 한다. 여름이 길어져 봄, 가을이 매우 짧은데다 겨울도 예전처럼 춥지 않기 때문이다. 이는 지구 온난화를 단적으로 보여주는 현상이다. 지구 온난화란 지구의 대기 온도가 점점 높아지는 현상을 말한다.

이미 오래 전부터 지구가 점점 더워지는 현상이 나타났지만 환경 문제로 지구 온난화가 꼽히게 된 것은 20세기 들어서 석탄, 석유와 같은 화석 연료 사용량의 증가, 삼림벌채 등으로 그 속도가 빨라지고 있기 때문이다.

지구 온난화의 직접적인 원인은 이산화탄소(CO_2)와 같은 온실 기체가 대기 중으로 배출됨으로써 일어나는 온실 효과(greenhouse effect) 때문이다. 태양에서 지구로 오는 빛 에너지 중에서 약 34%는 구름 등에 의해 반사되고, 지표면에는 약 44% 정도만 도달한다.

지구는 태양으로부터 받은 에너지를 파장이 긴 적외선으로 방출하는데, 이때 이산화탄소가 적외선 파장의 일부를 흡수한다. 적외선 파(波)를 흡수한 이산화탄소 내의 탄소 분자는 들뜬 상태가 되고, 안정 상태를 유지하기 위해 에너지를 방출한다. 바로 이 에너지 때문에 지구가 따뜻하게 되는 것이다.

온실 효과가 나쁜 것만은 아니다. 사실 지구가 치금처럼 평균기온 15℃를 유지할 수 있는 이유는 바로 온실 효과 때문이다. 달의 표면이 태양이 비추는 쪽은 100℃가 넘고 반대 쪽은 −200℃가 되는 이유는 대기가 없어 온실 효과 현상이 나타나지 않기 때문이다. 결국 온실 효과 때문에 생물들이 지구상에서 살 수 있는 셈이다.

하지만 최근의 온실 효과는 인위적인 것으로, 공기 중에 이산화탄소 같은 물질이 이상적으로 많아져 더 많은 열이 갇히게 되어 지구 기후가 바뀌는 것이 문제가 된다. 온실 효과를 일으키는 것은 탄산가스가 가장 높아 55%를 차지한다. 그 다음이 오존층을 파괴하는 물질인 염화불화탄소(CFCs)로 24%를 차지하며, 메탄(CH_4) 15%, 아산화질소 6% 순이다. 가장 비중이 큰 탄산가스를 억제해야 온난화를 방지할 수 있는데 지금처럼 탄산가스 농도가 증가하면 2050년에는 산업화 이전의 2배인 575ppm에 달하고, 2100년에는 1,330ppm에 이를 것이라고 한다. 그러면 지구 기온이 1~4℃ 높아지게 된다. 지구 온난화가 진행됨에 따라 지구 전역에 걸쳐 강수량의 변화가 일어나며 기상재해가 일어날 가능성이 커진다.

기후 변화에 따라 재배 작물의 종류와 생산량도 크게 변한다. 우리 나라의 경우, 지구 온난화로 인해 재배 가능 기간이 길어지고 재배 면적이 확대된다는 긍정적인 견해도 있다. 연평균 기온이 4℃ 높아지면 서귀포는 대만과 비슷한 기온 분포를 보여 열대작물 재배가 가능해진다. 그러나 기후 변화는 농업 생태계에 매우 복잡한 변화를 가져오기 때문에 부정적 영향이 더 크다. 신종 지구 온난화는 오존층 보호, 생물종 다양성 보전 문제와 함께 국제 사회에서 그 대응책이 활발히 논의되고 있다.

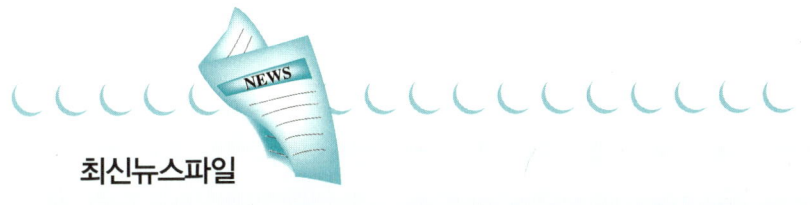

최신뉴스파일

2004년 7월 27일부터 8월 4일까지 미국 워싱턴에서는 세계미래회의가 열렸다. 세계 각국의 정부관리, 기업 CEO, 각 분야 전문가 등 3만여 명을 회원으로 보유하고 있는 세계미래회(World Future Soceity)가 주최한 이 회의에는 세계 80개 국에서 1,000여 명이 참가했다. 이번 회의에서는 석유 등 화석 에너지 시대의 종말과 수소 에너지 시대에 대한 예측, 가족 구조가 해체될 것이라는 예견, 지구 온난화 대신 단기 빙하기가 올 수도 있다는 미래 예측 보고가 있었다.

합성화학 물질 사용하지 않고 자연적인 자재만 사용하는
유기농업

organic farming

벼를 생산하는 한 농가에서 농약이나 화학비료를 전혀 사용하지 않는다. 대신 논에 오리를 풀어 놓는다. 오리들은 해충을 잡아먹고 잡초도 뜯어먹는다. 살충제나 제초제를 한 방울도 쓰지 않으니 무공해 쌀을 생산하게 되며 또 오리도 해충이나 잡초를 먹고 사니까 사료를 주지 않고 키울 수 있어 무공해 오리 사육도 하는 셈이다. '도랑 치고 가재 잡는다'는 말이 어울린다. 이는 다름아닌 유기농법. 화학비료, 유기합성 농약, 생장조정제, 제초제, 가축사료 첨가제 등 일체의 합성화학 물질을 사용하지 않고 유기물과 자연광석, 미생물 등 자연적인 자재만을 사용하는 친환경적인 농업이다.

최근 몇 년 사이에 국내 농산물시장은 유기농산물이 급격히 늘어나고 있다. 농약이나 화학비료를 사용하지 않는 것은 기본이고 오리와 같은 동물을 이용해 해충으로부터의 피해를 막는가하면 자연적인 재료를 이용하여 농산물의 피해를 최소화시킨다. 이뿐만이 아니다. 일부 과일들은 산성비도 맞지 않도록 하여 완벽한 유기농

14

산물로 선보인다.

친환경적인 농법인 유기농법을 이용하여 생산하는 쌀, 야채, 과일 등은 일반적인 제품들에 비해 가격이 1.5배 또는 2배 이상 비싸게 판매되고 있지만 소비자들에게는 큰 호응을 얻고 있다. 특히 건강을 중시하는 웰빙 문화에 편승해 그 인기가 높아짐에 따라 유기농산물들은 브랜드를 달고 농산물 고급시장을 이끄는 주역이 되고 있다.

유기농법이 시작된 것은 1930년대 영국의 농학자인 앨버트 하워드가 야생 또는 길들여진 동식물의 사육을 통하여 도시의 쓰레기를 토양의 영양물질로 다시 사용하는 방법을 들여오면서부터다.

국내에서는 1986년 '한살림농산'이 개설되고, 1988년 '한살림공동체소비자협동조합'이 창립되면서 본격적인 활동이 시작되었다.

유기농업은 그 내용에 따라 생명과학 기술형 유기농업, 환경친화적 유기농법, 자연농업, 경제형 유기농법, 철학형 유기농법 등 다섯 가지로 나눌 수 있는데, 현재 국내에서 활발히 추진되고 있는 것은 세 가지이다. 자연생태계의 물질순환체계의 균형을 유지시키며 인간과 자연 속의 생물이 공생·공존하도록 하는 환경친화적 유기농법과 유기농업을 사용하여 농업생산력을 지속, 발전시켜 먹거리 생산을 장기적으로 안정시켜 농가경제의 안정과 수익을 보장하는 경제형 유기농법이 농가에서 실시되고 있다. 또 합성화학 물질인 농약, 화학비료, 제초제, 가축사료 첨가제 등을 최소한으로 사용하여 동식물성 유기물을 토양에 환원시킴으로써 지력의 유지·증진 및 회복시키는 농법인 생명과학 기술형 유기농업이 바이오벤처들을 주축으로 초읽기에 들어갔다.

유기농법의 한 사례를 보면 충남에 있는 G농장의 경우 사과나무가 토끼풀로 덮여 있는데 이 토끼풀은 콩과식물로서 땅 속에서 뿌리혹박테리아에 의해 유기질소의 동화작용에 관여하여 비료의 역할을 한다. 또 사과잎을 아주 귀찮게 하는 점박이응애라는 해충은 사과 잎보다는 토끼풀이나 잡풀을 좋아해 사과에 미치는 피해를 자연적으로 줄이게 된다. 이뿐만이 아니다. 이 농장에는 사과나무에 팔찌 모양의 가는 줄이 걸려 있는데 이는 사과농사에 막대한 피해를 주는 나방류를 방제하기 위한 것이다. 암컷나방의 냄새를 풍기는 페로몬을 발라놓은 이 가는 줄을 사과나무 여기저기에 걸어

놓으면 수컷 나방이 냄새를 맡고 달려들지만 암컷은 없고 가는 줄만 있어서 여기저기 돌아다니다 수컷이 교미 시기를 놓쳐 사과나무 해충인 나방류의 번식을 막아준다고 한다.

최신뉴스파일

울진엑스포조직위원회는 '2005 울진세계친환경농업엑스포'를 앞두고 8월 20일부터 21일까지 이틀간에 걸쳐 울진청소년수련관에서 '유기농업국제심포지엄'을 열었다. 단국대 유기농업연구소(소장 손상목 교수) 주관으로 열린 이번 행사에는 독일, 일본, 캐나다 등 국내외 농업학자들과 김용수 울진 군수를 비롯한 공무원, 주민 등 1천여 명이 참석했다. 이번 행사에서는 신지 하시모토 전 아이폼-아시아(IFOAM-Asia) 회장이 '일본과 중국의 유기농업운동', 독일연방농업연구소 마틴 큐게 박사가 '유기농업에서의 토양 비옥두와 투양관리'를, 독일 본대학의 울리히 콥케 교수가 '유기농법에서의 윤작'을, 베를린 훔볼트대학의 하이데 호프만 교수가 '멕시코와 쿠바의 유기농업'에 대한 논문을 각각 발표했다. 이번 행사는 외국의 관련 학자들이 대거 참여하여 다양한 유기농법 이론을 소개함으로써 유기농가가 배우고 실천해야 할 국제 유기농의 핵심 원리와 기초기술을 소개하는 자리가 되었다.

고온건조한 바람 높새바람

foehn

3월 말부터 6월 말까지 북동쪽의 오호츠크 해 부근에서 생긴 고기압에 의해 우리 나라 동해안에는 습한 북동풍이 불어온다. 이 바람은 대관령을 타고 오르다가 영동 지방에 비를 내린 후, 원주나 춘천(영서 지방)에 이르면 덥고 건조한 바람으로 변한다. 이때 영서 지방으로 불어오는 바람을 높새바람이라고 한다.

습기를 가진 공기가 산지를 거슬러 올라갈 때는 100m마다 약 0.5℃도씩 기온이 낮아지면서 구름이 만들어지고, 비(지형성 강우)를 뿌리기 때문에 건조한 공기로 바뀌게 된다. 한편, 반대 쪽의 산지를 내려올 때는 기온이 100m마다 약 1℃씩 올라가기 때문에 고온 건조한 바람으로 변화된다.

이와 같은 원리에 의하여 산맥을 넘어 부는 고온 건조한 바람을 '푄'이라고 한다. 우리 나라의 푄 현상은 북서계절풍이 뛰어난 겨울철에는 태백산맥 동사면으로 나타나고, 오호츠크해 기단의 영향을 받는 늦봄부터 초여름까지는 영서지방에 나타나는데, 영서지방

ENVIRONMENTAL ESSAY

에서 푄 현상에 의해 나타나는 고온건조한 바람을 '높새바람'이라고 불러왔다. 봄철의 기온이 예년에 비해 5~6도℃ 이상 치솟는 날이 2~3일 계속될 때는 거의 높새바람의 영향 때문이라 볼 수 있다.

우리 조상들은 일찍이 이 푄 현상을 알고 있었는데, 이중환의 『택리지』에도 이에 관한 글이 있다.

"영동 사람들이 농사철에 동풍이 불기를 바라고, 호서, 경기, 호남 사람들은 동풍을 싫어하고 서풍이 불기를 바란다. 이렇게 좋고 싫음을 서로 달리하는 까닭은 그 바람이 산을 넘어 불어오는 까닭이다. 동쪽에 산맥이 막혀 있는 경기 지방에서는 동풍에 의한 농작물의 피해가 매우 커서, 심할 때는 논밭의 물 고랑이 모두 마르고 식물은 타 버린다. 피해가 적을 때도 벼 잎과 이삭이 너무 빨리 마르기 때문에 벼 이삭이 싹트자마자 오그라들어 자라지 않는다."

높새바람은 온도가 높고 건조한 것이 특징이다. "산내림바람이 불면 잔디 끝이 마른다"는 말도 있듯이 이 바람이 불면 이상 건조

현상이 나타나 농작물에 많은 타격을 주고, 사람들에게는 각종 기상병을 유발시킨다.

봄에 높새가 불면 여름과 같은 이상 고온 현상이 나타나고, 산불이 나기 쉬우며, 초여름에 불면 농작물이 말라 버리기도 한다. 영서지방의 높새바람이 나타나는 시기는 대체로 3월 21일부터 8월 10일까지로 연평균 28회 나타난다.

이중 특히 한반도가 오호츠크해 기단의 영향을 받거나, 고기압의 중심이 동해, 또는 한반도 북부에 위치하고 있을 때 잘 나타난다. 푄 현상의 특성인 이상고온 건조 현상의 기준으로 볼 때, 영서와 영동지방 양사면의 하루 최고 기온차는 대체로 5.0~7.5℃ 로 나타나지만 14.5℃에 달하는 경우도 있다.

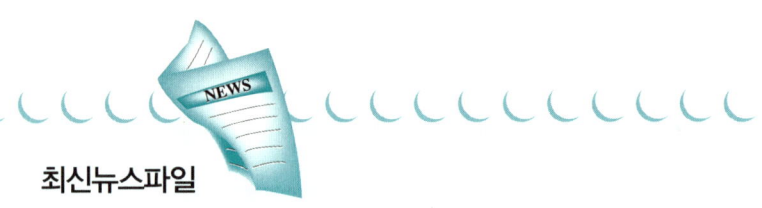

최신뉴스파일

대기 오염도가 같은 지역에서도 날씨에 따라 호흡기나 천식의 발병률이 크게 달라진다고 한다. 한 외국 자료에 의하면, 실제로 높새바람이 불 때는 편두통을 호소하는 환자가 급증한다는 것이다. 동풍이 불고, 기압이 낮아지면서 기온이 올라갈 때는 심장마비 환자가 증가한다. 따라서 외국에서는 수술을 할 때 일기예보를 참고해 맑고 화창한 날로 수술 날짜를 잡기도 한다. 이는 날씨가 나쁠 때 수술하면 결과도 좋지 않고 환자의 회복 속도도 많이 느려지기 때문이다.

범세계적으로 활동하는 그린피스

Greenpeace

환자를 돌보는 이들을 가리켜 '호스피스'라고 말한다. 환경을 지키는 이들은 '그린피스'라고 부른다. 그린피스 캐나다 밴쿠버 항구에 12명의 환경보호운동가들이 모여 결성한 국제적인 환경보호 단체다. 원래의 명칭은 핵실험을 하지 말라는 의미의 〈파문을 만들지 마시오〉였으나 핵실험 반대시위를 벌이기 위해 출발하며 배에 그린피스(Greenpeace)라고 쓴 녹색깃발을 건 것이 계기가 되어 단체 이름이 되었다.

그린피스의 활동은 매우 적극적이고 범세계적이다. 지난 2003년 말에는 그린피스의 한 회원이 베를린에 있는 독일 의회 건물 앞에 세워진 할로인 마스크를 쓴 옥수수 그림들 사이를 지나고 있는 모습이 세계 각국의 TV를 통해 방영됐나. 이 옥수수 그림들은 유전자 변형에 항의하기 위해 세운 것으로 '유전자 변형은 안 된다'는 것을 알리기 위한 퍼포먼스였다.

남의 나라 땅에 있는 나무나 남의 나라 실험 프로젝트에 대해서 그린피스가 문제를 삼는 것은 무엇일까? 답은 의외로 간단하다. 지구는 하나이고 지구상에 존재하는 모든 환경들은 전 세계인이 함께 누려야 할 공동재산이다. 환경을 보존하는 일 그 자체는 모든 사람들이 건강한 삶을 누릴 수 있도록 하는 것이기 때문이다. 따라서 그린피스의 활동은 누군가는 반드시 나서야 되는 일이기에 전세계 모든이들에게 인정받고 있는 것이다.

　이 단체가 세계에 널리 알려지게 된 것은 1985년 7월에 일어난 레인보 워리어호(Rainbow Warrior) 폭파사건 때문이다. 그린피스 소속의 선박인 레인보 워리어호는 1985년 8월 6일 일본의 히로시마 원폭투하 40주년을 맞아 프랑스 핵실험기지인 폴리네시아 모루로아 환초 일대를 시위 항해할 예정이었다. 그러나 모루로아로 떠나기 위해 7월 10일 뉴질랜드 오클랜드항에 정박해 있던 중 배가 폭파되어 침몰되는 사건이 발생했다. 이때 포르투갈 출신 사진가 F.페레라가 희생되었고, 사건에는 프랑스 대외안전국(DGSE)과 프랑스 정부가 관여되었던 것으로 나타났다. 프랑스 정부는 국내외적으로 최대 위기에 몰렸고 그린피스는 전세계의 이목을 받았다.

최근 들어서는 주로 기후, 유독성 물질, 핵, 해양, 유전공학, 해양 투기, 산림 등의 부분에서 적극적으로 활동하고 있다. 2002년 현재 전세계 40여개 국에 43개 지부가 있으며, 160여개 국 300만 명의 회원이 내는 기부금으로 활동하고 있다.

최신뉴스파일

2004년 5월 12일 50여 명의 그린피스 대원들은 노란색 모자와 조끼를 입고 벨기에 브뤼셀에 있는 새 유럽연합본부(EU)를 점거하고 시위를 벌였다. 이들의 시위는 일부 건설업자들이 인도네시아의 원시 열대우림을 훼손시킨 것과 유럽연합이 본부 건물 일부를 수리하면서 벽과 바닥 등에 불법으로 벌목된 열대우림을 사용했다는 것을 전세계에 알리고자 하는 데 있었다. 그들의 주장에 따르면 수마트라 호랑이와 오랑우탄이 멸종 위기를 맞고 있다는 것이다.

또한 그린피스 환경조사팀은 한국의 자연보호 실태를 알아보기 위해 1994년 4월 소유 선박 그린피스호 편으로 한국을 방문한데 이어 2004년 3월 26일에는 제주도에도 모습을 나타냈다. UNEP(유엔환경계획)와 지구시민사회포럼 한국위원회가 주최하는 '제5차 지구시민사회포럼'이 '물, 위생 그리고 인간 정주'를 주제로 제주 서귀포시 제주국제컨벤션센터에서 주최한 행사에 참가하여 한국의 물, 인간 정주 문제와 동북아 황사 및 사막화에 대한 토론을 했다.

직경이 14cm이고 무게가 680g인 우박

hail

우박은 대기의 순환에서 생겨나는 자연현상이다. 온도가 낮은 고도의 대기에서 작은 얼음 입자가 생기게 되는데, 이 입자들이 떨어지면서 비가 되거나 눈이 되는 것이다. 하지만 상승 기류를 타서 다시 얼음이 어는 고도까지 상승하게 되면 또다시 얼어붙으면서 더 큰 얼음 입자가 되는 것이다. 이렇게 상승과 하강을 반복하다 보면 기류가 얼음의 무게를 지탱하지 못해 땅으로 떨어지게 되는 것이다.

우박은 지상 수천미터 상공에서 차갑게 언 작은 얼음 입자가 커져서 무게를 이기지 못하고 땅에 떨어지는 것으로 보통 직경 5mm 이상인 것을 우박으로 분류한다. 이보다 작은 얼음덩어리는 지상에 닿기 전에 녹아버리기 때문에 우박이 될 수 없으며 보통 녹아서 물방울이 된 것은 비가 된다.

우박이 많이 내리는 날씨는 기온이 5~25℃ 사이로, 기온이 낮으면 대기 중의 수분량이 적기 때문에 우박이 커지지 않는다. 온도가 높은 계절은 떨어지는 도중에 녹아서 비가 되므로 지상에서 관측되는 횟수가 적다. 그러나 큰 우박은 기온이 높은 계절이 아니면 내리지 않으며, 하루 중에서는 오후에 우박이 많이 내린다.

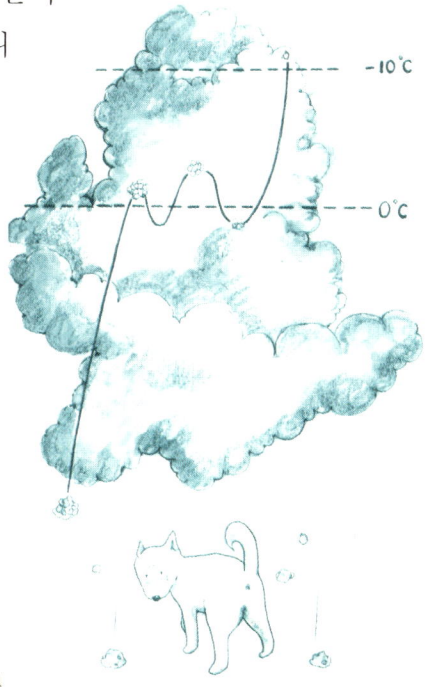

우박의 크기는 구름 속에서 얼마나 오랫동안 오르내렸느냐에 따라 좌우된다. 일반적인 작은 콩알만한 크기에서부터 테니스 공만한 것까지 크기는 다양하다. 지금까지 기상으로 관측된 것 중 가장 커다란 우박은 직경이 14cm이고 무게가 680g이었다.

우박은 반투명한 것도 있으나 대개는 중심에 불투명한 핵이 있고, 그 주위에 투명한 층과 불투명한 층이 교대로 겹쳐져 있으며, 중심이 2개 있는 것도 있다.

잘라 보면 눈덩어리를 굴려 뭉친 것처럼 층층이 얼음층이 있는 것을 볼 수 있는데, 층의 수는 보통 5층 정도이며, 14층이 되는 것도 있다. 우박의 온도는 대개 0℃의 것이 많으나 −4~−5℃의 낮은 것도 있고, 또 −13℃였던 기록도 있다.

우리 나라에서 우박이 많이 내리는 때는 5~6월과 9~10월이며 한여름에는 오히려 적다. 일반적으로 중위도 지방에서는 봄과 가을에 많고, 고위도 지방에서는 여름철에만 있다.

북한의 백두산 지역에는 1년에 9회 정도의 우박이 내린다는 기록이 있다. 우리 나라에서 우박이 가장 많이 내리는 지역은 낙동강 상류 지역이고 그 다음이 청천강, 한강 지역의 순이다.

지름 2cm 이상의 우박이 30분 이상 내리면 특히 농작물에 많은 피해가 있으며, 우박 때문에 자동차의 지붕이 일그러진다거나 건물의 유리창이 파손되는 등의 피해를 입을 수 있다. 특히 최근에는 대형 우박에 머리를 맞아 사망한 사고도 있었다는 것은 우박의 피해를 입증해 주는 한 단면이다.

최신뉴스파일

경상남도는 2005년부터 농민의 재해보험 가입률을 높이고 금년부터 발효된 한·칠레 자유무역협정(FTA) 등으로 어려움에 처한 도내 과수농가에 대한 지원 강화 차원에서 2005년부터 농작물 재해보험료 가운데 농민이 내야 하는 보험료 일부를 도가 부담할 예정이다. 농작물 재해보험제도는 단감과 사과, 배, 복숭아, 포도, 감귤 등 6개 품목에 대해 태풍이나 우박뿐만 아니라 봄철과 가을철의 동상해, 집중호우 등 자연재해에 대비해 농가들이 보험에 가입하면 국가가 보험료의 70%를 지원해 주고 나머지 30%는 농가가 부담하는 재해대비 경영 안정장치이다.

바닷물 온도가 올라가는 엘니뇨, 내려가는 라니냐

El Nino, La Nina

최근 몇 년 동안 지구촌은 이상 기후로 몸살을 앓고 있다. 엄청난 홍수가 일어나는 동시에 폭염 때문에 인명 피해가 나는가 하면, 어떤 나라는 추위로 한 도시가 마비되는 일까지 일어났다. 이런 이상 기후를 일으키는 원인 중 하나가 바로 엘니뇨와 라니냐 현상이다. 엘니뇨(El Nino)는 원래 남미 페루 연안에서 바닷물의 온도가 매년 크리스마스 경이 되면 올라가는 계절적 현상을 일컫는다. 라니냐(La Nina)는 보통 엘니뇨에 이어 곧바로 나타나는 이상 기후로 엘니뇨와 반대 현상을 말한다. 바다 중간층의 차가운 해수가 해수면 위로 솟아오르면서 동태평양의 해수 온도가 내려가는 현상으로 주로 7~8월에 발생한다.

남미 페루 연안에서 매년 크리스마스 경 바닷물의 온도가 올라가면, 물고기 떼가 연안바다에서 다른 지역으로 이동하고 비가 많이 내리므로 어부들은 출어를 포기하고 가족들과 함께 크리스마스를 즐겼다. 이 때문에 이런 현상을 '아기 예수'라는 의미를 가진 스페인어의 엘니뇨(원래는 남자아이라는 뜻)라 불리게 됐다. 이러한 현상은 보통 한 달 가량 지속된다. 그러나 최근에는 겨울마다 나타나는 계절적인 현상이 아니라 수개월 이상 바닷물의 온도가 높은 현상이 계속되는 현상을 엘니뇨라고 부르고 있다.

무엇보다 심각한 문제는 엘니뇨의 발생으로 인해 자연계의 순환과 정화 기능이 마비되고 생태계의 변환에 따른 피해가 속출하고 있으며 세계 각지의 기후에도 중대한 영향을 주고 있다. 저기압이 오랫동안 머무는 지역은 집중적인 폭우가 내리거나 폭설과 한파 같은 기상이변이 일어나는 반면, 고기압이 위치하는 지역에서는 심한 가뭄을 겪는 경우가 많다. 또한 수온 상승과 기후 변화에 따른 해양육성 생태계의 변화로 이어진다.

보통 열대 태평양 지역의 해수면 온도가 6개월 이상 평년 수온보다 0.5℃ 이상 높은 경우 엘니뇨라고 하고, 이와 반대로 0.5℃ 이상 낮은 경우는 라니냐라고 한다.

라니냐(La Nina)는 스페인어로 '여자아이'를 뜻하며, 보통 엘니뇨에 이어 곧바로 나타나는 이상 기후로 엘니뇨와 반대 현상을 나타낸다. 즉, 바다 중간층의 차가운 해수가 해수면 위로 솟아오르면서 동태평양의 해수 온도가 내려가는 현상으로 주로 7~8월에 발생한다.

남미대륙 상공은 비정상적인 건조 상태를 보이게 되고, 이에 따라 남미 연안 주변은 가뭄이 발생하게 되며 건조한 대기가 아시아 쪽으로 이동하는 과정에서 따뜻한 해수 위의 수증기와 만나 구름대를 형성하여 폭우와 이상한파가 나타나게 된다. 라니냐가 발생하면 엘니뇨 때 가뭄이 드는 동남아시아, 호주 북부 등에서는 홍수

가 발생하며, 반대로 홍수가 나타나는 일본과 미국 남부, 남미 대륙
에는 비가 적게 내린다. 또 알래스카와 캐나다 서부에서는 엘니뇨
때와 반대로 저온 현상이, 미국 남동부는 고온 현상이 나타난다.

　엘니뇨나 라니냐 현상은 발생 주기, 세기, 지속 기간이 불규칙하
다는 것이 가장 큰 특징이다. 엘니뇨와 라니냐는 서로 따라다닌다
고 할 수는 있으나, 때로는 엘니뇨가 연속해서 발생하거나, 반대로
라니냐만 발생하거나, 또는 몇 년 동안 엘니뇨나 라니냐가 발생하
지 않는 경우도 있다.

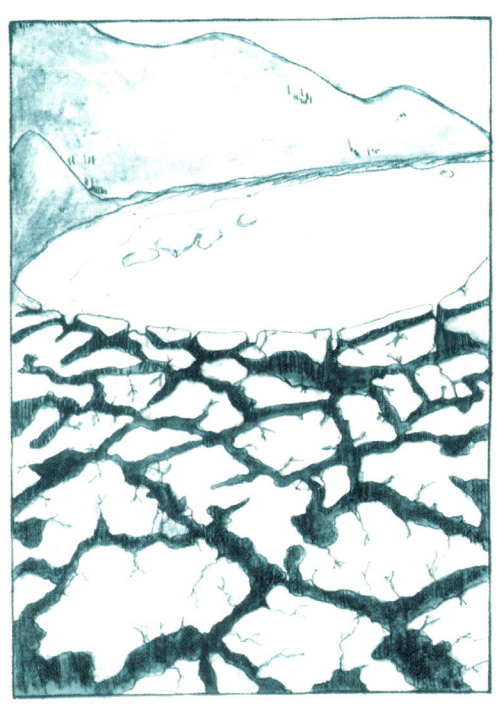

최근 세계적으로 일어나는 이상 기후는 이 엘니뇨와 라니냐의 영향이 큰 것으로 분석되고 있으며, 한 조사 결과에 의하면 1990년 대 10년 동안 일어났던 기상이변으로 인한 피해가 최근 3년간의 피해액과 맞먹을 정도로 자주 일어나고 있다.

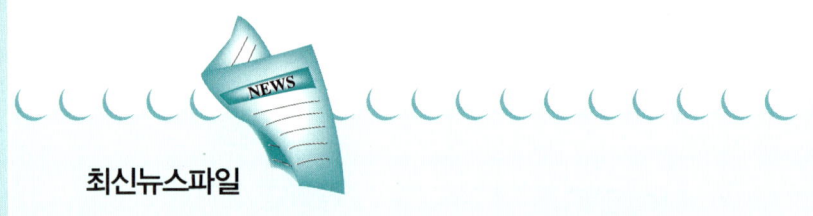

최신뉴스파일

지구 온난화에 따른 동해안 해수면 상승과 아열대화 현상으로 우리 나라 동해안 어종과 생태계 변화가 가속화되고 있다. 국립수산과학원 동해 수산연구소가 2004년 7월 밝힌 조사결과 자료에 따르면 최근 한류와 난류가 교차하는 해역인 울진 왕돌초 주변 해역의 전체 어종 가운데 20%가량이 줄도화돔, 파랑돔, 자리돔, 거북복 등 아열대성 어종인 것으로 확인됐다고 한다. 지구 온난화의 영향으로 한류성 어종인 명태, 대구, 도루묵 어획 량은 감소하고 있으며, 난류성 어종인 오징어 어획량은 급속하게 증가하고 있다. 예전에는 볼 수 없었던 아열대성 어종들은 동해 울산 연안에서 강원도 최북단 고성 연안까지 빈번하게 출현하고 있는 것으로 조사됐다. 동해안에 아열대 어종이 늘어나고 있는 것은 지난 36년 동안 동해안의 표층 수온이 약 섭씨 0.82도나 상승한데다 갈수록 상승폭이 커지고 있기 때문이다.

굴절률에 의해 생겨나는 무지개

rainbow

한여름 더위를 식혀주는 시원한 소나기가 지나간 자리에 구름 사이로 예쁘게 떠 있는 무지개를 본 적이 있을 것이다. 빨주노초파남보 무지개의 일곱 가지 색채는 종종 순수한 아이들의 꿈에 비유되곤 한다.

무지개는 빛의 굴절률에 의해 생겨난다. 빛을 프리즘에 통과시키면 그 바닥에 무지개 빛이 나타나는데, 이는 프리즘에서 빛이 두 번 굴절되면서 각 색깔의 빛이 보다 선명하게 구별되는 것이다. 각 굴절 각도에 따라 빨강, 주황, 노랑, 초록, 파랑, 남색, 보라색으로 나뉘어지게 된다. 사실 이 색깔들 사이에는 단지 7가지색이 아닌 무수히 많은 색깔이 있다. 하지만 그 색들은 띠도 훨씬 얇을 뿐더러 같은 계열의 색상들이기 때문에 보통 7가지 색깔이라고 하는 것이나.

대기 중에 있는 물방울이 프리즘의 역할을 해서 무지개를 만들어 낸다고 생각할 수가 있다. 이런 현상은 분수대에서도 볼 수 있는데, 분수대의 물방울이 프리즘과 같은 역할을 해서 빛이 물방울을

통과하면서 굴절에
의해 무지개가 생겨
나는 것이다. 비온 뒤에
해가 뜨면서 살짝 날씨가
개일 때 무지개를 보기
쉬운 것은 바로 이런
이유 때문이다.

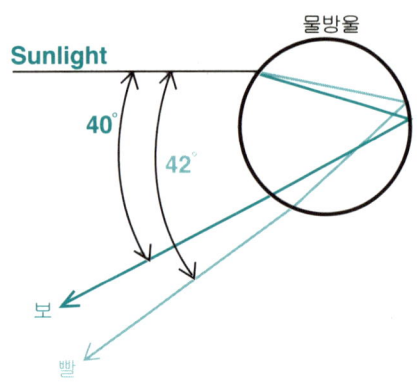

물방울을 통과
하기 전의 태양 광선은 모든 빛이 섞여 있는 백색인데, 이 백색 빛
이 물방울을 만나면 일부는 공기 중으로 꺾여 나가고 일부는 공기
의 경계면에서 반사된다. 이렇게 물방울을 통과하여 반사된 빛의
일부가 파장에 따라 다양하게 퍼져 생성되는 것이 바로 무지개이
다. 빛은 파장이 긴 빨간색 빛이 보라색 빛보다 작은 각도로 굴절과
반사를 하게 되어 빛이 처음 물방울에 닿을 때에 비해서 빨간색은
42°, 보라색은 40° 꺾이게 된다. 따라서 무지개의 빨간빛은 보랏빛
보다 2° 높이 있는 것이다. 우리 나라의 경우는 보통 7색깔 무지개
라고 하지만 다른 나라의 경우는 3가지 또는 6가지, 7가지, 10가지
로 보는 나라도 있다.

우리가 알고 있는 무지개의 모습은 반원형이지만 실제 무지개의
모양은 원형이다. 우리가 지상에 있기 때문에 일부만 볼 수 있어 원
형이 아닌 반원의 형태로 보이는 것이며, 비행기 조종사들은 가끔
원형의 무지개를 보기도 한다.

간혹 물방울 내에서 빛이 두 번 반사되어 분산되는 경우 원래 무

ENVIRONMENTAL ESSAY

지개의 바깥쪽에 새로운 무지개가 생성되는데 이것이 바로 쌍무지개이다. 두 번째 무지개는 첫 번째 무지개보다 어둡고 색깔의 배열이 바뀌어서 나타난다. 즉, 두 번째 무지개는 보라, 남색, 파랑, 초록, 노랑, 주황, 빨강 색을 구성하게 되는 것이다.

최신뉴스파일

서울시 한강시민공원사업소에서는 세계에서 최고 높이를 자랑하는 월드컵 분수대 시험 가동을 거쳐 4월 8일부터 9월 30일까지 본격 가동한다고 밝혔다.

이 분수대는 202m의 높이로 물줄기를 뿜어올리는 주분수 1기와 30m 높이의 보조분수 21기로 이루어졌으며, 야간 관람을 위한 조명 장치도 갖추고 있다. 분수대를 지탱하는 돔형 바지선에서 뿜어 올리는 물줄기는 시원함을 넘어 한강에 거대한 아름다움을 만들어준다.

양화대교 밑 선유도공원 인근 한강 하류로 유람선을 타고 이동하다보면 월드컵 분수대에서 내뿜는 물줄기가 햇빛에 비쳐 만들어내는 무지개는 보는 이로 하여금 시원함을 더해 준다. 또한, 분수대에 불을 밝히기 시작할 때 즈음이면 더욱 활기를 띤다. 강물과 함께 반짝거리며 만들어내는 한강 야경은 무더운 여름 시민들에게 특별한 즐거움을 줄 것으로 기대한다.

가을 하늘이 파랗고 높은 이유

autumn sky

여름이 지나고 가을이 오면 선선해지는 바람과 함께 유난히 아름다운 가을 하늘이 눈에 들어온다. 사계절이 뚜렷한 우리 나라의 가을 하늘은 높고 푸르른 아름다움을 자랑한다. 그렇다면 왜 우리 나라 가을 하늘은 유난히 푸르고, 높게 보이는 걸까? 하늘이 파랗게 보이는 이유는 다름 아닌 태양으로부터 나온 빛의 산란 때문이다.

가을이 되면 계절이 바뀌는 만큼 우리 나라의 기상 상태도 바뀐다. 여름에 흔히 볼 수 있는 적란운에서 보듯 여름 하늘의 구름은 수직으로 발달하게 되고 때에 따라 집중호우를 퍼붓게 된다. 반면 가을 하늘의 구름은 드러누운 모양인 수평으로 발달한다. 새털, 양떼구름이 이에 해당하는 것으로, 이는 대기가 매우 안정되어 있다는 것을 의미한다. 대기가 안정되면 지상의 먼지가 상공으로 잘 올라가지 못하게 되고, 따라서 공기를 방해하는 것이 없어 가을 하늘이 물감을 풀어놓은 듯 파랗고 높게 보이는 것이다.

하늘이 파랗게 보이는 이유는 태양으로부터 나온 빛의 산란 때문이다. 태양광선에는 무지개에 나타나는 모든 색의 빛이 섞여 있는데, 태양광선이 대기를 통과하면서 공기나 먼지 등 어떠한 입자를 만나면 빛은 들어온 방향과 모든 방향으로 퍼지면서 진행한다. 이런 현상을 산란(scattering)이라고 한다.

공기를 구성하는 분자들은 태양의 가시광선 중에서도 파장이 긴 빨강이나 주황보다 파장이 짧은 보라와 파란 빛을 훨씬 많이 산란시켜 우리 눈에 파란 빛이 더 많이 들어오게 되므로 우리가 하늘의 색이 파랗다고 느끼는 것이다.

보라색 계열의 빛이 빨강색 계열보다 16배 정도 더 많이 산란이 되는데 하늘이 보라색이 아닌 파란색으로 보이는 이유는 우리 눈이 보랏빛에 둔감하고 푸른 계통의 빛이 더 잘 보이기 때문이다. 하지만 대기 중 먼지가 많거나 입자가 많으면 빨간색이 더 산란이 잘되어 하늘이 희뿌옇게 보인다. 그렇다면 계절별로 하늘은 어떤 차이를 보일까?

먼저 봄은 산불이 일어나기 쉬울 정도로 매우 건조하여 먼지가 많다. 게다가 점점 태양의 고도가 높아지는 시기라서 지표면 부근 공기가 쉽게 가열되고, 가열된 공기는 부피의 팽창으로 밀도가 적어지므로 위로 올라가기 쉬워진다. 따라서 대기가 불안정한 상태에서 바람이 불고 먼지가 많이 생겨 하늘은 그다지 맑지 않다.

또 여름에는 더운 날이 계속되면 지면은 디옥 가열되어 상승기류도 더욱 강해진다. 먼지도 하늘로 더 높이 올라가 구름 위쪽까지 올라가게 되고, 따라서 여름철에 비가 와서 대기 중의 먼지를 씻어내도 구름 위의 먼지가 제거되지 못하면 맑은 하늘을 보기 어렵다.

가을이 되면 강수량이 줄어들고, 습도도 낮아진다. 또 가을에는 태양 고도가 점점 낮아지고, 지표면은 열을 방출하여 차가워지면서 대류가 잘 일어나지 않는 안정된 상태가 유지된다. 그러므로 지표면 부근에서는 강한 바람이 생기지 않고, 상공의 먼지는 떨어져서 하늘은 맑아진다.

마지막으로 겨울에는 대기의 온도가 매우 낮다. 대기의 포화수증기압은 기온에 비례하므로 온도가 낮으면 대기 중의 수증기가 포화되어 물방울로 응결되는 경우가 많아진다. 따라서 지표면보다 기온이 더 낮은 상공에서는 이슬, 빙정(얼음 알갱이) 등이 많이 만들어지므로 하늘은 가을보다 덜 맑고 높아 보이지도 않는다.

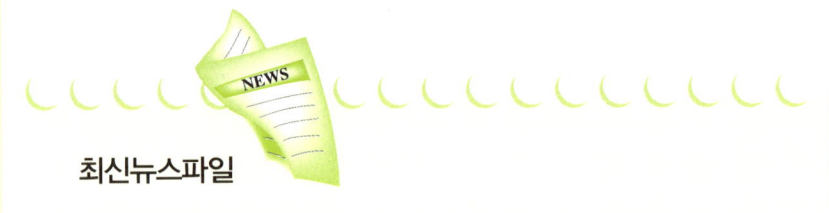

최신뉴스파일

매년 10월 한 달 동안 우리 나라에서는 전국적으로 이름도 낯선 축제, 공연, 전시, 경연대회 등 각종 문화예술 행사가 풍성하게 열린다. 지방자치체제가 뿌리를 더해감에 따라 이같은 가을 축제는 더욱 늘고 있는데 유독 가을에 축제 행사가 몰리는 것은 아마도 청명한 가을 하늘 아래에서 풍성한 결실의 축제를 즐기고자 하는데서 그 이유를 찾을 수 있겠다. 하지만 공식 문화예술축제 행사가 10월 한 달에만 집중되다 보니 지역 나름의 특성을 살리기보다 일회적 소모성 행사가 많고, 서로 중복되는 경우도 있어 일부에서는 불만의 소리가 나오고 있기도 하다.

화학물질이 생물체에 흡수되면서 생겨난 환경호르몬

Environmental hormone

최근 뉴스를 보면 환경호르몬이라는 말이 심심찮게 나온다. 환경호르몬은 생물체에서 정상적으로 생성, 분비되는 물질이 아니라 인간의 산업활동을 통해서 자연계에 생성, 방출된 화학물질이 생물체에 흡수되면서 이러한 물질들이 생물체에서 호르몬처럼 작용하는 데서 생겨난 것이다

사람의 건강은 물론 탄생과 성장에도 영향을 미치기 때문에 더욱 심각하게 여겨지는 환경호르몬은 실은 사람이 저지른 환경오염에 의해 생겨난 물질이다.

호르몬이란 생체의 특정한 세포에서 만들어져 분비되는 물실의 일종이다. 사람의 몸에서 생겨나는 호르몬은 우리 몸의 세포와 장기에 작용해서 성징이나 신진대사에 필요한 활동을 일으키게 된다. 하지만 환경호르몬은 생물체에서 정상적으로 생성, 분비되는 물질이 아니라 인간의 산업활동을 통해서 자연계에 생성, 방출된 화학물질이 생물체에 흡수되면서 이러한 물질들이 생물체에서 호

르몬처럼 작용하는데서 생겨난 것이다. 이러한 물질들은 호르몬의 작용을 억제하기도 하고 또 강화시키기도 하면서 아주 작은 양으로도 발육과 성장 및 각종 기능에 중대한 영향을 미치기 때문에 심각한 문제를 일으키게 된다.

현재까지 확인된 환경호르몬의 종류는 67종류이며, 각종 산업용 화학물질, 살충제 및 제초제 등의 농약류, 유기중금속류, 소각장의 다이옥신류, 식물에 존재하는 에스트로겐 등의 호르몬 유사물질, DES(diethystilbestrol)와 같은 의약품으로 사용되는 합성에스트로겐류, 식품첨가물 외에 우리가 흔히 사용하는 주방세제, 합성세제, 플라스틱류, 스티로폼류 등이다.

환경호르몬의 피해가 본격적으로 보고되기 시작한 것이 1991년부터이다. 세계자연보호기금이 야생동물의 생태를 조사한 결과 새끼를 낳을 수 없는 동물이 급증하고 새들의 알껍질이 얇아지거나 암수동체인 물고기가 발견되는 등 환경오염에 의한 피해가 속속 보고되기 시작한 것이다. 이미 1970년대에 합성에스트로겐인 DES라는 유산방지제를 복용한 임산부들의 자녀에게서 생식기능 감소, 자궁기형, 불임, 면역기능

이상이 증가한 사례가 발생, 내분비계 장애물질의 위험성이 알려
진 바 있다.

환경호르몬의 피해를 줄이기 위해서는 정부의 대책도 중요하지
만 우리의 일상생활에서도 조심해야 할 부분이 많다. 우선 먹는 음
식을 주의해야 한다. 물이나 육류, 채소, 과일, 물고기 등이 오염된
것이 아닌가 잘 살펴보아야 하며 되도록 유기농 제품을 먹는 것이
좋다. 특히 플라스틱과 음식과의 접촉을 최소화하고 플라스틱 용
기에 넣든지 플라스틱 랩에 씌워 가열하거나 전자렌지에 넣는 것
은 가급적 피하는 것이 좋다.

최신뉴스파일

환경호르몬이 세계석으로 주목을 받기 시작한 것은 1996년 3월 '도둑
맞은 미래(Our Stollen Future)'가 출간되어 환경호르몬의 생성과 피해
사례가 알려지면서부터이다. 다이옥신 등 개별 유해 물질을 규제하는 나
라는 많지만 환경호르몬 전체에 대한 대응책을 모색중인 나라는 몇몇 선
진국 뿐이다. 그나마 검사 방법이나 허용 기준치 설정 등에서 아직 연구
단계에 머무르고 있는 상태여서 대책 마련이 시급하다.

매연이 안개와 섞여 있는 상태 스모그현상

Smog

"날씨가 왜 이래. 구름이 낀 것도 아니고 눈이 올 때도 아닌데 하늘이 너무 뿌여서 도대체 앞이 안보이잖아."

10여 년 전만해도 남의 나라 얘기였던 스모그가 바로 그 주범이다. 스모그(Smog)란 연기(Smoke)와 안개(Fog)의 합성어로 공장이나 자동차, 가정의 굴뚝에서 나오는 매연이 안개와 섞여 있는 상태를 가리킨다.

스모그에는 런던형 스모그와 광화학 스모그라 불리는 로스앤젤레스형 스모그가 있다. 런던형 스모그는 공장의 매연, 가정 난방의 배기가스 등이 주요 원인이며 석탄의 연소를 통해서 대기로 유입되는 매연, 아황산가스, 일산화탄소 등이 안개와 합쳐지면서 만들어진다. 이중 아황산가스는 허파나 기도에 손상을 주어 호흡기 질환을 일으키기도 한다. 광화학 스모그는 '로스앤젤레스(LA)형 스모그'라고도 하며 자동차의 배기가스 등에서 나오는 이산화질소와 탄화수소가 대기 중에 농축되어 있다가 태양광선 중 자외선과

화학반응을 일으키면서 산화력이 큰 옥시단트(Oxidant)를 2차적으로 발생시켜 안개가 낀 것처럼 대기가 변하는 현상을 말한다. 이 현상이 일어나면 눈과 목의 점막이 자극을 받아 따가움을 느끼게 되고 심할 때는 눈병과 호흡기 질환을 일으킨다. 또한 식물의 성장을 방해하며 삼림을 황폐화시키고 자동차 타이어 등 고무제품도 부식시켜 내구성을 떨어뜨린다.

로스앤젤레스형 스모그는 자동차와 공장, 먼지에 의한 스모그였다. 이 지역에서 발생한 스모그는 1940년 처음 식물에 피해를 주었고, 1950년에는 사람에게 피해를 주기 시작했다. 1954년부터 대부분의 LA 시민들은 눈, 코, 기도, 폐 등의 점막에 지속적이고 반복적인 자극과 일상생활에 있어서 불쾌감을 호소하였으며, 가축 및 농작물의 피해가 나타나고 고무제품의 노화 등 재산상의 피해가 크게 나타났다. 1979년 가을에는 주민의 83%가 육체적으로 불쾌하거나 건강에 대한 불안을 호소하고 있으며, 면접 조사에 의하면 주민의 57%는 눈에 통증과 자극을 느끼고 4명 중 1명은 두통, 호흡기 자극 인후염증을 호소하였다.

런던에서 일어난 스모그는 발생 12시간 만에 114명의 사망자를 발생시켰으며, 불과 4일 동안 4,000명의 주민이 목숨을 잃는 참사가 일어났다. 사망 원인도 기관지염이 압도적으로 많았고, 그 다음으로 폐렴, 인플루엔자 등 호흡기 질환이 평상시의 다섯 배를 넘는 것으로 나타났다.

스모그는 황 성분이 많이 들어 있는 화석 연료를 에너지원으로 이용하였을 때는 아황산가스가 많이 발생하게 된다. 따라서 청정연료(LNG, LPG 등)의 사용을 확대하고 연탄, 고유 황연료의 사용을 절제해야 한다. 겨울철에는 특히 자동차의 매연에 섞여 발생하는 탄화수소와 질소산화물이 증가하여 광화학 스모그의 발생 가능성이 높다. 그러므로 자동차의 배기가스를 줄이는데 신경써야 하며 가급적이면 함께 타기 운동, 가까운 거리는 걸어가거나 자전거 타기, 대중교통수단 이용하기 등을 실천하여 환경보호에 앞장서야 한다. 오늘날 서울의 하늘에서는 런던스모그와 LA스모그가 모두 나타나고 있으며 자동차와 난방연료 때문에 발생하고 있다.

최신뉴스파일

최근 환경 전문가들 사이에서는 '환경을 배려하지 않는다면 중국의 미래는 어둡다'는 말이 오르내리고 있다. 급속도로 진행되는 경제 발전에 따라 환경 문제도 갈수록 심각해지고 있는 게 중국의 오늘 상황이다. 특히 중국 환경 문제의 핵심은 파괴와 오염의 정도가 아니라 그 규모에 있다. 13억 중국인만이 아니라 60억 지구촌을 위협한다. 중국의 구름은 서울과 도쿄에 산성비로 내린다. 황사는 태평양을 건너 미국 서부 해안까지 날아간다고 한다. 특히 중국의 자동차들이 뿜어내는 배출가스의 40% 가량이 한국으로 날아드는 것으로 조사됐다. 한 조사 결과에 따르면 세계 10대 대기오염 대도시 가운데 6개가 중국의 도시이며, 이들 도시의 아이들은 숨쉬는 것만으로도 하루에 담배 2갑을 피우는 것과 맞먹는 공해물질을 들이마신다고 한다. 이에 따라 요즘 중국 정부는 환경에 바짝 관심을 집중시키고 있다. 2004년 4월 '녹색GDP' 제도를 6개 시와 성에 시범 도입했으며 베이징 둥청(東城)구에는 2,000여 명의 회원을 둔 중국 최대 환경관련 비정부기구(NGO)가 있기도 하다.

원자폭탄의 위력을 뛰어넘는 태풍

typhoon

태풍은 우리 나라에 여름이면 어김없이 찾아와 짧은 시간에 큰 피해를 낸다. 2003년 우리 나라를 강타한 태풍 '매미'의 피해만 봐도 알 수 있듯이 태풍의 피해는 어마어마하다. 최근 10년 동안 우리 나라의 수해 규모는 연평균 1조3000억여 원에 이르며, 사망, 실종 등 인명 피해는 연평균 129명이나 된다. '태풍'은 북태평양 남서부에서 발달한 열대저기압을 말하는 것으로 보통 중심 최대 풍속이 초속 17m가 넘는 것을 가리키며, 저위도 지역의 수온이 높은 바다에서 생긴다.

발생 지역에 따라 이름이 틀린데, 열대저기압 가운데 대서양 서쪽에서 발달하는 것은 '허리케인', 인도양, 아라비아해, 벵골만에서 생기는 것은 '사이클론'이라고 부른다.

세계적으로 한해 평균 80개쯤의 열대저기압이 생성되며, 그 가운데 태풍은 30개 정도다. 발생부터 소멸까지 1주일~1개월 정도 걸리는데, 태풍 에너지의 위력은 1945년 일본 나가사키에 떨어진 원자폭탄의 1만 배에 이른다.

태풍은 과학적으로 보면 거대한 수증기 덩어리에 포함된 열에너지가 (회전)운동에너지로 바뀌는 현상이다. 주로 적도 근처에서 발생하고, 해수면 온도가 27℃ 이상일 때 원형으로 발달한다.

그리고 한가운데는 바람이 약하고 구름이 적어 하늘을 볼 수 있는 '태풍의 눈'이 있다. 발달기 눈의 지름은 30~50km에 이른다. 눈 바깥 주변의 50~200km 부근에는 강한 상승 기류가 나타나 바람이 가장 세다.

그렇다면 태풍은 왜 움직이는 것일까? 저기압인 태풍은 위도가 낮은 지역에서 일어나 주변의 고기압을 밀어내고 북쪽으로 진행하다 없어진다. 이는 온도가 높은 곳에서 일어나 낮은 곳으로 이동한다는 뜻이다.

지구 전체의 에너지 분포를 보면 태양열을 많이 받는 저위도에선 열이 넘치고, 태양열을 적게 받는 고위도에선 열이 부족하다. 열이 계속 불균형을 이루면 극 지역은 얼어붙고, 적도 지역은 불타올라 지구가 위기에 처한다.

이러한 열적 불균형을 해소하기 위해 적도의 따뜻한 바람과 바닷물은 극지로, 극지의 찬 바람과 바닷물은 적도 부근으로 이동하며 순환한다. 비와 눈이 내리고, 바람이 부는 등 닐씨가 변히는 것도 열 균형을 이루기 위한 자연 현상인 것이다.

적도 부근의 얼에너지 덩어리인 태풍도 지구가 자신의 에너지 평형을 맞추기 위해 남는 곳의 열을 퍼다 고위도 지방으로 나르는 대기 현상인 셈이다.

태풍이 피해만 주는 것은 아니다. 수자원의 주요 공급원이며, 더위를 식히는 효자 노릇을 한다. 태풍은 또 저위도 지역에서 축적된 대기 중의 에너지를 고위도 지방으로 운반해 지구 남북의 온도 균형을 유지시킨다. 태풍의 거대한 소용돌이는 바닷물을 뒤섞어 순환시킴으로써 밑에 있던 플랑크톤을 표면에서 분해시켜 바다 생태계를 활성화하는 역할도 한다.

최근뉴스파일

2004년에도 역시 태풍은 한반도를 휩쓸고 갔다. 8월에 찾아온 제15호 태풍 메기는 전국 곳곳에 크고 작은 피해를 냈다. 중앙재난대책안전본부가 밝힌 자료에 따르면 태풍 메기로 인해 전국에서 7명이 사망하거나 실종됐으며, 1,218세대 2,427명의 이재민이 발생했다고 한다. 또 주택 1,408채, 농경지 6,840ha, 농작물 5,141ha가 침수된 것으로 집계됐다. 강원 영남 지방 곳곳에서 인명 및 침수 피해가 속출했으며 특히 강원 지역은 도로 곳곳이 물에 잠기고 강릉시 등의 저지대 주택 30여 채가 침수됐다. 강원 지역의 경우 최근 몇 년간 홍수와 태풍에 의한 피해가 해마다 발생하고 있어 안타까움만 더해지고 있다.

acid rain

산성비는 공기 중에 남아 있는 유해 물질이 공기 중의 수분과 섞여 산성 물질로 변해 비에 섞여 내리는 것으로 보통의 비는 pH 5.6 전후 지만 석유 등이 탈 때나 자동차가 달릴 때 발생하는 황산화합물, 염산, 산성의 에어로졸 등이 구름 속에서 흡수되면 pH 2~4의 극히 산성이 강한 비가 내리게 된다.

환경 오염의 주범으로 꼽히는 산성비는 왜 내리며 우리 생활에 어떤 영향을 주는 것일까? 먼저 산성에 대해 알아보자.

과학시간에 리트머스 종이로 산성, 중성, 알칼리성을 구분하는 실험을 한 경험이 있을 것이다. 산성 물질은 푸른색 리트머스 종이 위에 떨어트렸을 때 종이가 붉은색으로 변하는 성질을 말하는데, 산성도를 측성하는 pH 수치가 5~7일 때는 중성, 2~4이면 산성이다. 사람의 몸이나 땅 등 지구상의 동식물은 각기 적절한 산성도를 가지고 있다. 순수한 물은 완전히 중성을 띠고, 사람의 몸은 약 알칼리성을 유지하고 있다. 이렇게 적절한 산성도를 유지하고 있는 생물에게 강한 산성 물질이 접촉하거나 물 등에 섞여 먹게 되면 생체 리듬이 깨져 병이 나게 된다. 따라서 산성비는 생태계를 파괴하는 위험한 적이 되는 것이다.

산성비에 의해 흙이 산성화되면 식물과 토양 미생물의 상호작용을 방해하여 식물이 제대로 자라는데 지장을 주고, 호수나 하천의 물을 산성화하고 거기에 살고 있는 어류에 영향을 주게 된다.

산성비는 대기중의 오염물질, 황산·질산을 포함하는데 이들은 식물의 잎에 붙어 흡수되거나 땅으로 흡수된다. 식물체의 잎에 흡수될 경우 식물의 잎이 하얗게 되고 구멍이 생긴다. 또 잎 속의 양분이 파괴되어 식물병과 해충에 대한 저항성이 적어져 나무나 식물체가 쉽게 병들고 죽게 된다. 또 산성 물질이 흙 속에 쌓이면 흙의 pH가 높아져 식물체의 생장과 미생물 활동에 영향을 준다. 흙의 산성화는 토양 미생물의 활동을 방해해 흙 속에 있는 낙엽이나 사

체가 제대로 분해되지 않아 동물에까지 영향을 미친다. 토양의 산
성화는 식물체가 직접 입는 피해보다 훨씬 더 심각한 피해를 가져
오고, 나아가 물고기나 수초와 같은 물 속 생태계에까지 영향을
준다.

최신뉴스파일

2천년대 들어서 제주도에서는 산성비로 인한 환경 오염 문제가 큰 것으
로 나타났다. 제주 지역에 내리는 비 10번 중 7번이 산성비인 것으로 조
사됐기 때문이다. 올해 산성비 비율은 80%에 육박하던 지난해보다는 낮
았지만 2001년(46%, 50%)과 2002년(60%, 68%)에 비해서는 크게 높아
져 최근 들어 산성비가 내리는 빈도가 많아진 것으로 분석됐다. 빗방울 산
성도도 주거지역 평균 4.9, 산림지역 평균 4.91 등으로 2~3년 전보다 강
한 것으로 나타났다. 한편 중국의 지난 20년간 경제 발전을 통해 세계 4
대 무역강국으로 부상했지만 이런 번영 뒤에 엄청난 재앙이 숨어 있다. 주
요 하천의 수질이 이미 음용수로 부적합한 4~5급수로 전락했고, 국토의
3분의1이 산성비로 오염돼 가고 있다고 한다. 산성비로 인한 중국의 피해
는 연간 1천100억 위안(약 16조5천억 원)로 국내총생산의 3%에 달하는
것으로 집계됐다.

최저기온이 25℃로 후덥지근한 열대야

Tropical Night

여름이 되면 밤에도 너무 더워 잠을 못 이루는 날이 생긴다. 지금까지 국내에서 가장 심한 열대야 현상이 일어났던 것은 지난 1994년도 여름이었다. 전국민이 잠을 못 이루는 열대야 현상이 10여 일 넘게 지속되기도 했다. 보통 밤 최저기온이 25℃ 이상일 때를 열대야라고 말한다.

열대야(트로피컬 나이트)라는 말은 낮 최고 기온이 30℃ 이상으로 오른 한여름의 날씨를 '트로피컬 데이'라 이른 데서 나온 말이다. 열대야 현상이 일어나면 습하고 더운 기운 때문에 사람이 잠들기 어렵고 한낮처럼 더위에 허덕이게 된다.

여름처럼 더운 날씨에는 한낮 동안 땅과 공기가 뜨겁게 달아오르기 마련이다. 해가 진 밤에는 기온이 내려가면서 공기가 식어야 하는 게 정상이지만 열대야 현상이 일어나는 밤에는 이런 일이 일어나지 않는다. 대개 긴 장마가 끝나고 일어나는 열대야 현상은 여름에 우리 나라에 영향을 미치는 고온다습한 북태평양 고기압의 영향이 크다.

북태평양 고기압은 바다에서 만들어진 공기 덩어리이기 때문에 공기중에 수증기가 많아 습도가 무척 높은 편이다. 이렇게 수증기를 많이 갖고 있는 공기는 햇볕이 없는 밤이 되어도 수증기가 온도를 유지시켜 주기 때문에 기온이 잘 안 내려가게 된다. 따라서 한낮에 뜨겁게 달아오른 지표의 열기가 식지 않고 그대로 있기 때문에 밤에도 25℃ 이상의 고온 현상이 지속되는 것이다.

열대야가 일어나면 사람은 밤에 잠이 들기 어려워 생활의 리듬을 잃고 건강을 해치기 쉽다. 사람은 체온이 36.5℃를 유지하는 정온동물이기 때문에 체온을 유지하기 위해서 땀을 배출하고 배출된 땀이 증발하며 체온을 빼앗아가는 방법으로 체온을 유지한다. 그런데 열대야 현상이 일어나면 낮 동안 뜨겁게 달궈진 공기에 수증기가 많이 포함되어 있기 때문에 땀이 증발하지 않아 더 덥게 느껴지는 것이다.

우리 나라에서 열대야 현상은 농촌 지역보다 도시에서 많이 일어난다. 그 이유는 도시가 교외 지역에 비해 사람, 건물, 자동차, 공장 등 열을 보관할 수 있는 물질이 많아 엄청난 인공열이 발생하고 열을 잘 흡수하는 아스팔트 도로나 또 높은 빌딩과 같은 인공 구조물이 많은 열을 흡수하고 쉽게 식지 않기 때문이다.

열대야와 비슷한 현상으로 도시열섬 현상이 있는데 이는 도시 지역에서 열대야와 함께 도시 안에서 발생하는 인공열과 대기오염, 건축물 등 때문에 도시 상공에 주위보다 고온의 공기가 섬 모양으로 뒤덮고 있는 상태를 말한다.

열대야를 이기려면 취침 전에는 긴장을 충분히 풀고 미지근한 물로 샤워를 한다. 덥다고 지나치게 냉방을 하면 감기에 걸리기 쉬우므로 실내 온도는 26~28℃를 유지하도록 해야 한다.

최신뉴스파일

국내에서도 지구 온난화의 징후가 나타나고 있음을 염려하는 목소리가 높아지고 있다. 10년 만에 무더위가 찾아온 2004년 여름의 경우 사람이 바깥 활동을 하기 힘든 체온과 비슷한 37℃ 이상의 살인적 더위가 13차례나 나타났다. 주로 밀양 · 합천 · 포항 · 진주 · 구례 등 남부지방이었다. 올 1~7월 전국 15개 시 평균기온도 0.5~1.4℃ 높았다. 한반도의 기온은 지난 1904~200년 1.5℃가 상승, 세계적인 상승폭의 2.5배에 이르고 있다. 세계기상기구와 유엔환경계획이 설립한 IPCC(기후변화 대응을 위한 정부 간 패널)에서는 향후 100년 동안 지구의 평균기온이 1.4~5.8℃가 상승할 것으로 예측하고 있다. 기상전문가들 중에는 22세기 초까지 한반도 기온이 평균 4℃ 정도 올라갈 것이라고 보는 이들도 있다. 이럴 경우 현재 제주도 서귀포와 서울의 연평균 기온 차이가 4℃ 정도인 점을 감안하면 100년 후에는 서울이 서귀포처럼 겨울에도 따뜻한 날씨를 보일 수 있다는 것이다.

뜨거운 물이 찬물보다 빨리 얼어붙는다?

겨울철에 뜨거운 물로 세차를 해보면 평상시에 모르던 것을 알 수 있다. 뜨거운 물을 붓고 걸레로 닦아내려 하면 곧 얼어붙어 다시 미끌미끌해지고 만다. 하지만 미지근한 물로 세차를 하면 금방 얼어붙지는 않는다. 이렇게 뜨거운 물이 미지근한 물보다 빨리 얼어붙는 이유는 무엇일까?

단순히 생각하면 뜨거운 물이 식어서 미지근해질 때까지는 시간이 걸리기 때문에 그 시간만큼 미지근한 물이 빨리 식는다고 생각할 수도 있다. 그러나 뜨거운 물에서는 증발이 매우 활발하게 일어나기 때문에 기화열로 많은 열량을 빼앗기게 된다.

물이 식을 때는 증발과 함께 주위로 직접 열이 전달되는 전도 현상도 나타난다. 주변의 온도가 낮을수록 빠르게 열이 외부로 전달되어 더 빨리 식게 되는 것이다. 그리고 주변의 온도 차이 때문에 생긴 대류 현상이 열전달 효과를 높이기 때문이기도 하다.

따라서 실제로는 미지근한 물보다 뜨거운 물이 빨리 식게 되고 먼저 어는 신기해 보이는 결과가 나오는 것이다.

　이런 현상은 다른 곳에서도 찾아볼 수 있다. 사막에 사는 베드윈 족은 검은 천으로 된 헐렁한 옷을 입고 산다. 보통 검은 색깔은 흰 색보다 열 흡수가 높기 때문에 더 뜨거워지기 마련이다. 하지만 이 들이 검은 옷을 입는 이유는 좀 다르다. 땀을 빨리 마르게 하기 위 해서이기 때문이다. 검은 옷을 입으면 흰옷을 입을 때보다 쉽게 온 도가 올라간다. 이렇게 되면 옷 속의 공기가 더워지면서 상승해 헐 렁한 옷의 윗부분으로 올라가고, 외부의 더 시원한 공기가 옷 아래 쪽에서 들어오기 때문에 몸 주위에서 항상 바람이 불게 되어 땀의 증발이 활발해지게 되는 것이다.

　물의 증발과 전도는 물의 온도와 물이 담긴 그릇의 재질에 따라 달라지게 된다.

충분히 뜨거운 물을 사용할 때 증발량이 많아지는데, 대체로 물의 온도가 80℃ 이상일 때 이런 현상이 나타난다. 또 그릇의 옆벽으로 열이 잘 새나가지 않는 열전도율이 작은 재질로 된 그릇의 효과가 크다. 따라서 스테인리스 그릇보다는 열전도율이 작은 종이컵이나 컵라면 그릇에서 증발 현상이 더 잘 나타난다. 또한 증발은 물의 표면에서만 일어나므로 그릇 윗면이 넓은 경우에 더욱 활발하다.

최신뉴스파일

열이 오르면서 식은땀이 흐르고, 두통 또는 구토, 설사 등의 증상이 나타나며 손발은 차고, 심할 경우 의식을 잃고 쓰러진다. 이를테면 열사병이다. 인체는 항상 일정한 체온을 유지하는 기전을 가동하고 있는데, 열사병의 경우 주위 온도가 체온보다 높을 때 주변 환경에서 사람에게로 열전두 현상이 일어나면서 발생한다. 운동이나 일을 하다가 주변에서 이런 일이 발생했다고 치자. 가장 먼저 할 일은 응급처치이다. 환자를 서늘한 곳으로 옮겨 옷을 벗긴 뒤 체온을 떨어뜨려야 한다. 찬물이나 얼음 마사지를 해주고 신속히 병원으로 옮긴다. 열사병의 사전 예방비법은 맥문동, 인삼, 오미자를 각각 2 : 1 : 1의 비율로 보리차처럼 만들어 자주 마신다.

냉장고에서 얼음을 투명하게 만드는 법

ice

자연 상태의 얼음이나 순수한 얼음은 대부분이 투명하다. 하지만 냉장고에서 얼린 얼음을 보면 얼음의 바깥쪽은 투명한데, 안쪽은 불투명한 하얀 입자가 섞여 있는 것을 볼 수 있다. 왜 냉장고의 얼음은 불투명할까?

냉장고에서 얼린 얼음 덩어리의 내부가 불투명한 것은 작은 공기 방울이 얼음 결정 사이에 끼어 들어서 규칙적인 모양을 가지지 못하게 하기 때문이다. 이 공기 방울의 크기는 백만 분의 일 미터보다도 작고, 얼음이 얼려고 할 때 얼음 결정 사이에 생긴다. 그렇다면 이런 공기 방울이 왜 생길까?

냉동실에 물을 넣게 되면 물은 점점 차가워지다가 어느 정도 차가워지면 얼기 시작한다. 이때 얼기 시작하는 얼음은 그릇의 벽에서부터 점점 차가워져서 얼기 시작하기 때문에 가운데 있는 물은 저절로 얼음에 갇히게 된다.

얼음으로 둘러싸인 물 속에는 약간의 공기가 녹아 있는데, 이 공기도 물과 같이 빠져나갈 수 없게 된다. 점점 가운데로 얼음이 얼어져 오면 물의 양은 더욱 줄어들게 되고 결국엔 물은 모두 얼음으로 변하고 공기만 남게 된다. 이렇게 해서 공기 방울들이 투명한 얼음 결정들 사이에 자리잡기 때문에 얼음 안쪽이 불투명해지는 것이다. 우리가 냉동실의 얼음통에서 얼음을 꺼내 보면 바깥쪽은 투명하고, 안쪽은 공기 방울들 때문에 불투명하게 보이는 것이다.

투명한 얼음을 만들려면 얼음 속의 공기 방울을 없애면 된다. 그렇다면 어떻게 없앨 수 있을까? 일단 물을 100℃ 이상으로 펄펄 끓인다. 이렇게 하면 물 속의 수증기가 증발되면서 빠져나간다. 그리고 식힐 때 다시 공기가 녹아 들어가지 않도록 물을 담은 그릇의 입구를 막아놓는다. 적당히 식으면 냉장고에 넣고 얼리되 가능하면 밀폐 상태에서, 천천히 얼리면 된다. 천천히 얼리는 것은 물 속에

남아 있는 공기가 물 밖으로 빠져나가게 하기 위해서이다. 급냉동을 하면 물 속의 공기는 그대로 갇혀 불투명한 얼음이 생기게 된다.

최신뉴스파일

경남 밀양 남명리 얼음골은 갈수록 관광객이 늘어나는 조금은 이색적인 명소다. 계절의 시계가 거꾸로 돌아가는 신비한 곳이 있기 때문이다. 천황산 북사면 중턱(600~750m)에 자리한 얼음골은 한여름 삼복더위에 얼음이 얼었다가 초가을부터 얼음이 녹고, 한겨울에는 온풍이 불어나와 계곡 물도 얼지 않는다. 절벽과 돌밭으로 이루어진 널찍한 공간으로, 돌 틈에서 차가운 공기가 에어컨처럼 쏟아져나온다. 계곡에 들어서면 바위틈 곳곳에서 간간이 찬바람이 불어나와 이 일대가 하나의 냉풍장으로 변한다. 이와 같은 현상은 바위에 틈이 많이 생겨서 일어나는 것이다. 돌산의 바위틈 속에서 겨우내 얼었던 얼음으로 인해 찬 바람이 생기며, 뜨거운 외부 공기가 공중으로 올라가고 나면 찬 바람이 그 자리를 채우게 되는 대류 현상에 의해 발생하는 것이다.

습한 두 기단 사이에 정체전선 형성되면 장마

rainy spell in summer

"하늘이 구멍이 났는가. 뭔놈의 비가 허구헌날 쏟아져부린다냐."

"아따 장마철 아닌감. 이번 장마는 얌전하게 끝났으면 쓰겄는디."

해마다 여름이 되면 장마가 오고 그로 인해 인적 물적 피해는 크게 발생한다. 이는 우리 나라에 영향을 미치는 온난다습한 북태평양 고기압 때문이다.

우리 나라에 영향을 주는 기단은 발생 장소에 따라 시베리아 기단, 오호츠크해 기단, 북태평양 기단, 양자강 기단 등이 있다. 시베리아 기단은 북서 계절풍으로서 우리 나라로 이동하여 한랭하고 건조한 일기를 나타내며 때때로 찬 바람으로 인한 엄청난 추위를 가져오기도 한다. 늦은 봄에서 이른 여름에 걸쳐 발생하는 오호츠크해 기단은 비교적 한랭하고 수증기를 많이 포함하고 있다. 장마기에는 이 기단이 동서로 길어져 열대 해양성 기단인 북태평양 기단과 함께 장마전선을 만든다. 오호츠크해 기단은 우리 나라 장마의 초기에 있어 한랭하고 습한 날씨를 만들며 이 기단이 우리 나라에 오랫동안 머물고 있으면 장마가 길어지게 된다. 북태평양 기단은 온난다습한 기단으로 한여름에 소나기나 번개를 가져오게 된다.

　결국 장마가 일어나는 근본적인 원인은 오호츠크해 기단과 북태평양 기단 사이에서 정체전선이 만들어지기 때문이다. 둘 다 습한 기단이기 때문에 두 기단이 만들어낸 전선은 비를 많이 내리게 한다. 북태평양 고기압의 확장에 따라서 제주도 지방에서 시작하여 남부 중부 지방으로 세력이 밀려오지만, 그 상태가 해마다 다르기 때문에 남부 지방에서 먼저 시작한다든가, 아니면 비가 오지 않다가 중부 지방에 집중호우가 있다든가 하는 여러 경우의 장마 형태를 만들어 낸다.

　장마기에는 반드시 계속해서 비가 오지 않으며, 흐리거나 맑은 날도 있다. 맑은 날에는 여름 무더위가 기승을 부리거나 북동풍이 불면 저온 현상이 나타난다. 장마기의 날씨는 장마전선의 움직임에 따라 결정이 되는데, 장마전선 남쪽에 위치하면 고온 다습한 공기에 덮여

찬구름

더운구름

무더운 날씨가 되고, 전선의 북쪽에 들면 북동기류가 불어 음침한 날씨가 된다. 해안 지역의 날씨를 살펴보면, 남해안과 서해안에 다습한 공기가 많아져 짙은 안개가 끼는 경우가 많다.

장마기의 평균 강우량은 제주도 지역이 329~435mm, 남부 지역이 259~379mm, 중부 지역이 165~434mm이다. 이 강우량은 장마전선이 활발하느냐 그렇지 않느냐에 따라서 차이가 날 수 있다.

최신뉴스파일

장마철만 되면 이때를 이용해 오폐수를 대량 무단방류하는 기업들이 있다. 이같은 기업들의 눈속임 관행은 해를 거듭해도 바뀌지 않고 있어 문제가 되고 있다. 금강 유역 환경청은 2004년 6월 14일부터 5주 동안 장마철 폐수 무단방류 등에 대한 특별단속을 벌어 16개 한경오염업소를 적발했다고 한다. 이들 업소 중 설치허가를 받지 않은 채 오염물질 배출시설 등을 가동하거나 배출시설 등을 정상적으로 가동하지 않은 업소, 사업장 폐기물을 사업장에 무단 매립한 업소는 9곳이나 됐다. 발빠른 기업들이 환경 경영을 추진하고 있는 것을 감안할 때 이처럼 환경주범을 자청하는 기업들은 장기적으로 볼 때 기업 경쟁력만 떨어져 살아남기 힘들 것이다.

환경 적응을 위해 여름잠을 자는 동물

animal

　동물은 대부분 동면을 취하는 것쯤으로 알고 있는 사람들이 많다. 그건 자신이 과학상식의 초보적인 수준임을 드러내는 일이다. 의외로 여름철에 잠을 쿨쿨 자는 동물들도 적지 않다. 마우스원숭이, 워싱턴지리스, 해삼, 무당벌레 등은 여름철에 잠을 잘 자는 동물들이다.

　곰이나 뱀 같은 동물들은 겨울잠을 잔다. 가장 추운 시기에 땅 속이나 굴에 숨어서 겨울 내내 잠을 자다가 따뜻한 봄이 되면 다시 일어나 활동을 시작하게 된다. 이런 동물들이 겨울잠을 자는 것은 겨울의 추위와 먹이 부족 때문에 생긴 생리현상이다.

　겨울철의 낮은 온도는 동물의 체내 대사 과정을 낮추어 체온을 더욱 떨어뜨리므로 자칫하면 목숨을 위태롭게도 한다. 인간이나 곰같이 항상 체온이 일정한 동물은 에너지원인 음식물을 많이 먹어 체온을 유지한다. 하지만 겨울처럼 추운 날씨가 되면 먹을 것도 적어지고 체온이 잘 보존되지 않아 목숨을 잃을 수도 있기 때문에 두꺼운 털로 체온을 보호하거나 체내에 지방을 축적해 겨울을 지내는 것이다. 인간이 겨울잠을 자지 않는 것은 난방장치나 옷 등 겨울을 날 수 있는 도구를 개발했기 때문이다.

그리고 뱀이나 개구리처럼 외부 기온에 의해 체온이 변하는 변온동물은 밤이나 겨울에는 온도가 내려가기 때문에 마음껏 활동할수 없어서 겨울잠을 자게 되는 것이다.

겨울잠을 자는 동물은 활동을 하기보다는 온도의 변화가 적은 곳에서 겨울을 난다. 겨울이 되면 뱀, 도마뱀, 물고기, 거북이, 박쥐는 몸의 온도가 0℃ 가까이까지 내려가고, 다른 동물들도 체온이 떨어져 활동이 적어진다.

겨울잠을 자는 동물들은 겨울 동안 먹지 못하므로, 가을까지 많이 먹어 피부 밑에 지방을 듬뿍 모아 두고 굴이나 땅 속에서 자리를 잡고 움직이지 않는다. 따라서 호흡 횟수가 적어지고 체온이 낮아져 혈액 순환이 더디어져서 소모되는 영양 물질도 적어지게 된다. 그래서 체내에 저장된 영양 물질로도 충분히 겨울잠을 잘 수 있으며, 체내에 저장된 영양 물질이 거의 소모될 때는 겨울잠을 자는 기간도 끝나게 된다.

동물이 겨울잠을 자는 것은 온도 때문이기도 하지만, 겨울에는 먹을 것이 없기 때문에 겨울잠을 자기도 한다. 사막 지방에서는 물이 말라버리는 건기에 가뭄잠을 자는 동물이 있다. 또 사계절이 뚜렷한 지역에선 여름의 뜨거운 기운도 견디지 못해 잠깐잠깐씩 여름잠이라는 것을 자기도 한다. 열대지방에서는 마우스원숭이나 워싱턴지리스 같은 동물들이 여름잠을 잔다. 물고기 중에서는 까나리와 해삼이 수온이 15~16℃가 되면 모래나 깊은 바닷속에서 여름잠에 빠져들며, 풀뿌리 등에 숨어서 여름잠을 자는 무당벌레는 여름잠의 대표선수다. 이처럼 동물들이 겨울잠을 자거나 가뭄잠을 자는 것은 좋지 않은 환경에서 적응하며 살아가기 위한 그들만의 생존 방법이다.

최신뉴스파일

여름이 되면 사람도 더위를 참아내기 힘들다. 하지만 동물 중에는 의외로 인간보다 더 기후 적응에 뛰어난 전략을 펼치는 것들이 있다. 꿀벌은 벌집 내부의 온도를 바깥 기온과 상관없이 섭씨 32℃에서 36℃ 사이에서 유지해야만 애벌레가 정상적인 변태를 거쳐 성충이 될 수 있다. 때문에 한여름, 주위 온도가 올라가면 일벌들은 여왕벌을 무더위로부터 지키고자 날개짓을 시작해 벌집의 열을 식힌다고 한다. 주위의 온도가 높아질수록 날개짓에 참여하는 일벌의 수도 많아져 마치 에어컨의 '약' '중' '강' 버튼처럼 단계적으로 반응한다는 것이다. 또 아프리카 동부의 큰 섬나라 마다가스카르에 사는 살찐꼬리여우원숭이는 4월이 되면 자취를 감췄다가 10월이 다 지나서야 모습을 드러낸다. 7개월 내내 나무의 비어 있는 공간에서 잠을 잔다.

온도가 떨어져서 수증기가 변신한 물방울 이슬

dew

　여름 아침에 잔디밭의 풀잎을 보거나 차가운 컵 표면을 보면 자잘한 물방울들이 맺혀 있는 것을 볼 수 있다. 이렇게 맺힌 물방울을 이슬이라고 부른다. 비도 오지 않았고, 주위에 물도 없는데 물방울이 생기는 이유는 뭘까? 그 비밀은 바로 공기 중에 포함되어 있는 수증기에 있다. 우리가 볼 수 있는 이슬은 낮에 더운 공기 중에 들어 있던 수증기가, 밤에 온도가 낮아지면서 일부가 물방울로 나타나는 현상이다.

　우리가 숨쉬는 공기 중에는 물이 기체 형태의 수증기로 들어 있다. 우리 눈에 보이지 않는 것은 수증기가 아주 작은 물방울이기 때문인데, 공기 중에 들어갈 수 있는 수증기의 양은 공기의 온도에 따라 달라지게 된다. 온도가 높은 공기 중에는 많은 양의 수증기가 있고, 온도가 낮아지면 공기 중으로 들어갈 수 있는 수증기의 양이 적어지게 되는 것이다.

　그렇다면 만약 수증기를 많이 가지고 있는 공기가 온도가 낮아진다면 어떻게 될까.

낮은 온도의 공기는 많은 양의 수증기를 가지지 못하므로 다시 물로 만들어지게 된다. 이렇게 생기는 것이 비나 이슬이다. 그리고 이슬이 맺히기 시작하는 온도를 이슬점이라고 한다.

하지만 아침에 생긴 이슬은 해가 뜨면서 금방 사라진다. 해가 뜨면서 동시에 공기의 온도가 올라가서 이슬점이 상승하기 때문이다. 따라서 공기가 포함할 수 있는 수증기량이 늘어나게 되면서 맺힌 이슬이 전부 수증기로 변하는 것이다.

특히 이슬은 맑은 날이나 바람 없는 날에 잘 나타난다. 날씨가 맑게 되면 그만큼 낮 동안 수증기가 많이 발생할 수 있게 되어 기온이 떨어지면 그 수증기가 이슬로 바뀌기 쉽기 때문이다. 또 구름이 많이 낀 날은 구름이 이불처럼 온도를 보관하는 성질이 있기 때문에 기온이 잘 떨어지지 않아 이슬이 잘 생기지 않는다. 바람이 많이 불 때는 찬 공기와 뜨거운 공기가 섞이기 때문에 공기의 온도가 일정해져 이슬이 잘 생기지 않는다. 이슬은 주로 더운 여름철보다 초가을에 많이 생기는데, 우리 나라에서는 음력 8월 초를 백로(맑은 이슬이 맺히는 날)라고 해 24절기에 포함하고 있다.

이슬이 맺히는 현상은 꼭 초가을이 아니어도 우리 주변에서도 쉽게 볼 수 있다. 냉장고에서 찬 캔 음료를 꺼내면 순식간에 캔 표면에 물방울이 맺히는 것을 볼 수 있다. 이것은 이슬이 맺히는 원리와 같은 것으로, 덥고 습한 공기가 차가운 캔 표면과 부딪치면 순식간에 온도가 떨어져서 수증기가 물방울로 바뀌기 때문인 것이다.

최신뉴스파일

올 여름은 유난히도 무더웠고, 장마도 지루했다. 그래도 자연 변화는 어쩔 수 없나 보다. 극성을 부리던 무더위가 한풀 꺾이면서, 아침 저녁으로 선선한 바람이 불며 가을 정취를 느끼게 한다.

이처럼 9월, 음력으로 8월에 해당하는 이 시기는 1년 가운데 덥지도 춥지도 않아 생활하기 좋고, 풍요의 시기로 마음도 넉넉하다. 이에 걸맞게, 하얀 이슬이 내린다는 '백로(白露)'라는 좋은 절기가 들어 있다.

먼저 24절기 가운데 15번째인 백로는 여름이 끝나고 가을을 맞이한다는 처서와 밤낮의 길이가 같아지는 추부 사이에 들어 있는 절기로, 말 그대로 하얀 이슬이 내리기 시작함으로써 이미 가을 속에 와 있음을 의미한다. 양력으로는 대개 9월 9일께가 된다. 이 무렵에는 겨울 철새인 기러기가 날아오고, 삼짇날에 왔던 제비가 강남으로 돌아가며, 새들이 먹이를 저장하여 겨울을 준비한다. 또 장마는 이미 걷혔고 날씨가 맑아 곡식을 거두기 좋은 날씨가 이어진다.

지구상에서 생물이 무사히 생활할 수 있게 해주는
오존층

ozone layer

재난영화 〈투모로우〉(원제: The Day After Tomorrow)를 보면 지구 온난화로 인해 빙하가 녹고 그로 인해 해류에 변화가 생겨 빙하기가 온다는 것을 볼 수 있다. 이는 오존층과 무관하지 않다. 오존층이란 주로 성층권 상층의 오존이 밀집해 있는 층을 말하는 것으로, 오존층이 있기 때문에 지구상의 생물에게 해로운 강력한 자외선이 차단, 흡수되어 지상까지 도달하지 않는다.

지구 온난화에 따른 문제는 우리 주변에서도 속속 나타나고 있다. 몇 년 전부터 온대 지역인 우리 나라가 점점 아열대 기후화되어 간다는 조짐이 보이고 있으며 일기예보에는 자외선 지수가 표시되기 시작했다. 오존층이 파괴되어 지구는 점점 더워지고 있고 강렬한 태양빛을 피해야 하는 시대에 살고 있는 것이다.

여기서 중요한 역할을 하는 것이 바로 지구를 둘러싼 대기권에 있는 오존층이다.

오존은 세 개의 산소 원자로 구성되어 있는 물질이며 태양으로

부터 나오는 자외선 복사에 의해 지구 대기의 상부에서 자연적으로 형성된다. 복사에 의해 산소 분자가 분해되어 자유 원자들이 만들어지며, 그 중 일부는 다른 산소 분자와 반응하여 오존을 만들어 내는 것이다.

　생물에게 해로운 영향을 주는 자외선은 '자외선 B'(UV-B)라고 불리며, 인간 뿐만 아니라 동식물 등 지구에 살고 있는 모든 생물에게 피해를 준다. 오존층은 이 자외선이 지표면에 도달하기 전에 그 것의 대부분을 흡수해버림으로써 지구를 보호한다. 또한 성층권의 오존은 대기권의 온도 분포에 영향을 주어 지구 기후 조절에 영향을 미친다. 지구상에서 생물이 무사히 생활할 수 있는 것은 이 오존 층의 영향이 큰 것이다.

　영화〈투모로우〉에서도 나왔듯이 지구에 크게 영향을 주는 이 오

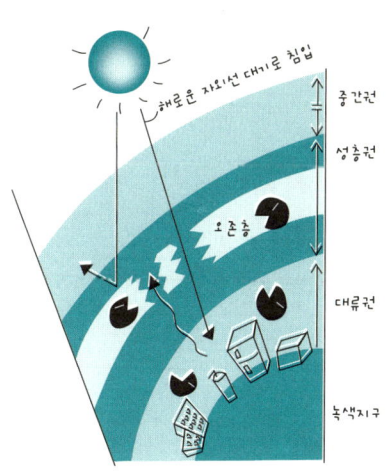

존층의 파괴는 1974년 모리나와 로우랜드 박사에 의해 연구 발표되어 큰 이슈를 일으켰다. 그의 연구에서는 지구의 생명을 보호해 주는 성층권 오존이 프레온 가스(CFCs)에 의해 파괴된다고 나타났으며, 그후 11년이 경과한 1985년에 영국 남극 조사팀의 관측 자료를 통해 프레온 가스는 오존 파괴의 주범으로 입증되었고 오존은 중요한 기체로 등장하게 되었다. 남극에서 조사된 오존층 파괴는 오존홀로 불리며 나날이 더 커지고 있다. 그런데 남극의 오존홀과 같은 현상이 최근 북극에서도 일어나고 있다는 사실이 영국의 과학자들에 의해 발견되어 오존층 파괴에 대한 경각심을 일깨워 주고 있다.

오존층을 파괴하는 프레온 가스는 우리 주변에서도 쉽게 볼 수 있는 물질이다. 냉장고나 에어컨의 냉매제, 스프레이 분사제, 전자제품의 세척제 등으로 쓰이는 프레온 가스는 비교적 독성이 없고 연소되지 않으며 분해되지 않는 성질이라서 여러 가지 형태로 이용되고 있다. 특히 지속성이 강해 150년이나 존재할 수 있는 물질이기도 하다.

하지만 이 프레온 가스가 오존층에 닿으면 크게 문제가 생긴다. CFC가 공중으로 올라가 40km의 지점에 이르면 태양의 자외선이 CFC를 분해하여 염소를 생성시키게 된다. 염소 분자 하나만으로도 10만 개 정도의 오존 분자를 파괴시키게 되며 손상된 오존층은 유해 자외선을 제대로 차단하지 못해 지구 생물에게 악영향을 주게 되는 것이다.

대기중 오존층이 1% 감소하면 지상에 도달하는 자외선은 약

2%가 증가할 것이라고 한다. 만약 오존층이 10% 감소하면 백인의 피부암 발생률이 약 26% 증가하고 백내장 발생 건수가 년간 160만 건에서 175만 건으로 증가할 것이라고 한다. 오존층 파괴는 이렇게 인간의 건강을 위협할 뿐아니라 〈투모로우〉처럼 심각한 문제를 일으킬 수도 있다.

최신뉴스파일

2004년의 경우 유난히 눈, 목젖의 따끔거림과 두통, 헛기침 등을 호소하는 사람들이 많았다. 개인별 건강 관리의 차이도 있으나 전문가들은 대체적으로 오존층이 한반도 상공에 두껍게 형성됐기 때문이라고 밝혔다. 환경부에 따르면 2004년의 경우 8월 9일까지 오존층이 발생한 횟수는 총 129회로 오존 경보제를 도입한 1995년 이후 처음으로 100회를 넘었다고 한다. 이는 2003년(48회), 2000년(52회)보다 2.5배 가량 많은 수치로 발령 횟수가 급증한 것은 10년 만에 찾아온 무더위와 짧은 장마 등으로 인해 풍속이 약하고 고온건조한 기후가 지속되면서 오존이 생성되는 광화학반응이 활발히 일어났기 때문이다. 오존은 자동차 배기가스 등에서 나오는 질소산화물과 휘발성유기화합물(VOC)이 태양의 자외선을 받아 생성된다. 농도가 0.12ppm 이상이면 오존주의보, 0.3ppm 이상이면 경보, 0.5ppm 이상이면 중대경보가 각각 발령된다.

yellow sand phenomenon

　봄의 시작과 함께 꼭 찾아오는 불청객 황사. 황사 자체는 원래 먼지 바람이며, 중국에서 생겨나 태평양 지역까지 이르는 거대한 자연 현상 이다. 10여 년 전만 해도 황사는 잠깐 찾아와 하늘을 뿌옇게 만드는 자연 현상이었지만 요즘에는 황사가 점점 심해지면서 이제는 봄이 되 면 황사 주의보가 빠지지 않을 정도로 심각한 문제로 나타나고 있다.

　중국의 황토 지대에서 생겨나는 황사는 봄이 되면서 몽고의 사 막 지대나 중국 황하 지대의 황토 지대가 얼었던 땅이 녹으면서 미 세한 흙과 모래먼지를 만들게 되는데, 이것이 중국에서 부는 황사 다. 황사가 만들어지는 지역과 우리 나라는 멀게는 5,000km, 가까 이는 1,000km 정도 떨어져 있는데 어떻게 우리 나라까지 찾아오 는 것일까? 그것은 중국에서 우리 나라 쪽으로 부는 편서풍 때문이 다. 중국 지역에서 강한 상승 기류가 일어나면 흙과 모래먼지가 하 늘로 올라가게 되는데, 이 먼지들이 편서풍을 만나게 되면 우리 나 라와 일본까지 바람에 실려 날라오게 되는 것이다. 중국에서 만들어진 황사는 보통
3~5일 정도면 우
리 나라에 도착한
다. 이때 바람 속에
실려오는 먼지는 20
만 톤이나 된다. 이것은
흙을 가득 실은 8톤 트럭이
서울부터 부산까지 일렬로 쭉
서 있는 양과 같다고 한다.

  이렇게 나타난 황사는 우리 나라에 도착하면 하늘을 뿌옇게 만
들어 시야를 흐리게 만들고 사람의 눈이나 호흡기로 들어가 병을
일으키기도 한다. 공기에 모래먼지가 많아지기 때문에 태양빛을
막고 식물이 숨쉬는 기공을 막아 식물이 자라나는데 장애를 일으
킨다. 또 최근에는 반도체나 항공기 등 정밀한 기계에도 영향을 미
쳐 손상을 일으키거나 오작동을 일으킬 위험이 높아진다.

  최근에는 황사가 만들어지는 중국에서 환경오염이 일어나면서
황사를 통해 오염 물질이 같이 옮겨오기도 한다. 한국과 일본에 영
향을 미치는 황사의 크기는 보통 지름이 1~10 마이크로미터로 아
주 작은 입자인데, 이런 작은 모래 입자에 중금속이나 아황산가스,
산화질소, 탄화수소 등이 달라붙기 때문에 환경오염은 물론 사람
에게 병을 일으킬 수도 있다. 우리 나라의 황사 피해는 2002년 이
후 점점 더 심해지고 있어서 우리 나라 국민 10명 중 4명이 황사 때
문에 기침이나 눈병 등을 앓아 병원치료를 받은 것으로 조사됐다.

한편 황사에는 좋은 점도 있다. 황사 먼지 속에는 알칼리성 성분이 들어 있기 때문에 산성비를 막을 수 있고, 산성화되어 죽어가는 땅을 살릴 수 있으며, 바닷물에 영양분을 공급하기도 한다. 하지만 사람에게 끼치는 영향이 너무 크기 때문에 황사를 막으려는 노력은 계속되고 있다. 황사의 발원지인 중국이나 몽골뿐 아니라 황사 피해를 직접 받는 한국, 일본 등에서도 피해를 줄이기 위해 고민하고 있지만, 아직 근본적인 해결책은 없는 상태이다. 현재까지 가장 많이 이용되는 방법은 나무를 심어 황사를 막는 방풍림 조성이다. 최근에는 한국, 일본, 중국 세 나라가 환경이 파괴되는 중국 땅의 자연환경을 원래대로 복원하려는 노력을 하고 있다.

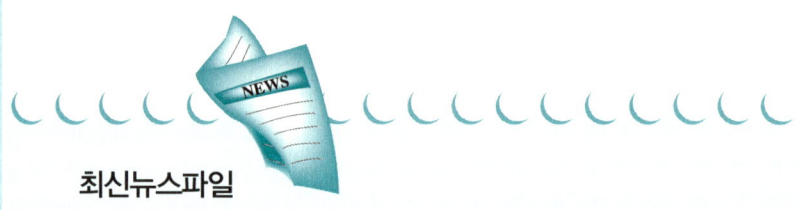

최신뉴스파일

최근 들어 전세계적으로 중국의 환경문제 책임론이 거론되면서 국내 학계 학자들 중에는 황사로 인한 초정밀 산업의 불량률은 매년 4배 이상 늘고 있고, 자동차는 대당 2만 3,000원의 생산 비용이 더 든다고 밝힌 바 있다. 또 황사에 따른 건강 피해 규모는 17조 원에 달한다고 한다. 이와 관련하여 가전유통 전문가들은 급속한 판매신장으로 필수가전이 되어버린 '공기청정기'는 최근 들어 매년 심해지고 있는 황사의 덕(?)이 크다고 분석한다.

만년설이 흘러내려 얼음의 강으로 변한 빙하

glacier

　남극과 북극 하면 하얀 눈과 함께 거대한 얼음인 빙하가 떠오른다. 빙하는 높은 산이나 극지방에 쌓인 눈이 얼음 덩어리가 되어 강처럼 길게 흘러내린 것을 말한다.

　빙하가 생기는 과정은 바닷물이 얼어 생기는 것이 아니라 극지방이나 고산 지대에 내린 눈에서 시작된다. 눈이 많이 쌓이게 되면 위로부터의 무게 때문에 굳어져 단단해진다. 이렇게 해서 눈이 점점 단단해지면 여름이 지나도 녹지 않고 항상 남아 있게 된다. 이것을 만년설이라고 한다. 그리고 만년설이 더 단단해지게 되면 얼음의 무게를 이기지 못하고 천천히 비탈진 곳을 흘러내리면서 얼음의 강처럼 되는데, 이것이 바로 빙하이다. 여기서 빙하가 바다로 밀려나서 얼음 덩어리가 떨어져 나오게 되면 그것을 빙산이라고 한다.

　빙하는 가만히 한 장소에 있는 것이 아니라 강물처럼 천천히 움직인다. 빙하의 이동 속도는 매우 느려서 일 년에 수십 미터 정도밖

에 움직이지 않는다. 가장 활발하게 움직이는 빙하는 일 년에 2~3km 정도 움직인다고 한다. 강물처럼 액체도 아니고 누가 미는 것도 아닌데 빙하가 움직이는 이유는 뭘까?

그 이유는 스키가 눈 위를 달리는 원리와 같다. 보통 신발을 신으면 눈 속에 발이 푹푹 빠지지만 스키를 신으면 눈 위를 쉽게 미끄러지듯이 달릴 수가 있다. 이런 일이 가능한 것은 스키와 눈 사이에 일어나는 현상 때문인데, 스키를 신고 눈 위에 서게 되면 무게 때문에 힘을 받은 부위가 일시적으로 녹았다가 압력이 사라지면 딱딱한 얼음으로 되돌아간다. 이처럼 압력을 가하면 녹는 점이 낮아져서 얼음이 물이 되고, 압력이 사라진 후에는 원래의 상태로 돌아가게 되는 것이다. 스케이트를 타고 얼음 위를 달릴 수 있는 것도 같은 원리이다. 초대형 빙하가 움직이는 원리도 이와 같다. 빙하의 크기가 클수록 누르는 힘도 커지기 때문에 빙하가 땅과 닿는 바닥은 높은 압력을 받아 물로 변하면서 빙하가 미끄러지듯 움직이게 되는 것이다.

빙하가 차지하는 면적은 현재 약 1억 5,000만km²로 지구상 전체 육지의 약 10%나 된다. 그 중 98%는 남극 대륙과 그린란드같이 대류 전체를 덮는 거대한 빙하이고, 나머지는 산악 지대의 눈이 쌓이기 쉬운 골짜기나 오목한 곳에 있는 빙하이다. 빙하는 지구상에 있는 물의 1.1%를 차지하고 있으며, 육지의 물 중에서는 75%를 차지한다.

빙하는 기후의 변화에 따라 확대되거나 축소되는데, 최근에는 지구 온난화에 의해 남극, 북극의 빙하가 녹고 있다는 경고가 계속되고 있다. 만약 지구상의 빙하가 전부 녹는다고 하면 지금보다 바다의 수면이 60m정도 높아진다고 한다. 그렇게 되면 지구상의 대부분이 물에 잠기게 되는 셈이다.

최신뉴스파일

최근 들어 지구 온난화 현상이 급속히 진행되면서 홍수, 가뭄, 생태계 파괴, 농산물 수확 감소 등의 현상이 나타나고 있다. 일부 생물의 경우 멸종 위기에 처해 있으며 빙하가 녹으면서 해수면 상승으로 국토의 일부를 잃어버리는 나라도 여러 곳 있다. 이런 문제를 해결하기 위해 1997년 세계 각국이 모여 교토의정서에 합의했고, 이에 따라 현재 1백23개 국 이상이 온실가스 배출 규제의 의무를 지고 있다.

사람을 죽이기도 하는 번개

lightning

"우르릉 쾅!"

하늘을 찢어낼 듯이 퍼지는 번개와 천둥소리는 겁많은 아이들에겐 공포의 대상이다. 천둥은 엄청난 소리만 날 뿐이지 직접 피해는 없지만, 번개는 사람을 죽일 수도 있을 정도로 강력한 힘을 지니고 있다. 그렇다면 천둥과 번개는 어떻게 생겨나는 걸까?

천둥과 번개는 적란운이라고 불리는 커다란 소나기 구름에서 생긴다. 여름철 증발이 활발히 일어날 때 지상이나 바다, 강 등에서 증발한 수증기가 위로 올라가서 상승기류를 만든다. 이 수증기를 머금은 공기가 올라가서 온도가 떨어지면서 소나기 구름이 생겨나는 것이다. 여름에 흔히 보는 뭉게구름은 크게 자라고 있는 소나기 구름이다. 소나기 구름을 이루고 있는 물방울이 주위 공기와 만나면서 어떤 것은 +전기를, 어떤 것은 −전기를 띠게 된다. 이때 −극이 +극을 끌어당기면서 서로 충돌하는데 이 과정을 번개라고 한다.

번개는 이런 거대한 전기의 흐름이 우리 눈에 보이는 것이다. 보통 전기는 우리 눈에는 보이지 않지만, 번개가 칠 때는 공기중에 생긴 번개의 통로에 어마어마한 양의 전기가 순간적으로 흐르기 때문에 열이 발생해 빛을 발하게 되는 것이다. 번개의 전압은 1~10억 볼트, 번개가 한 번 칠 때의 전기에너지는 100와트 전구 10만 개를 1시간 켤 수 있을 정도의 엄청난 양이다.

번개는 주로 구름이 많이 생기는 고온 다습한 지방에서 많이 친다. 세계에서 번개가 제일 많이 치는 곳은 미국의 플로리다주이다. 플로리다주를 기준으로 90km 구간은 번개의 다발지역이라고 할 만큼 1년 365일 중 100여 일은 번개 치는 걸 볼 수 있다.

번개와 함께 천둥소리가 들리는 것은 번개가 가지고 있는 엄청난 에너지와 열 때문이다. 번개가 칠 때 일어나는 고온은 번개를 눈에 보이게 할 뿐아니라 주변의 공기를 가열시켜 급격히 팽창시키기 때문에 그 공기가 원래대로 돌아가면서 큰 소리를 내는 것이다.

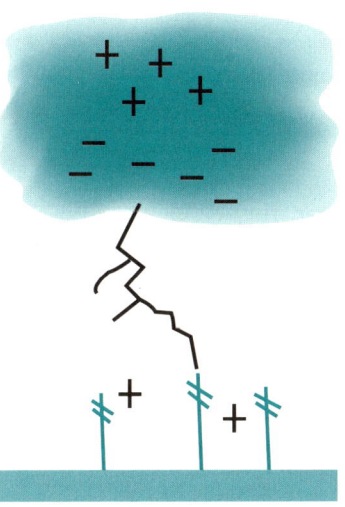

그런데 번개와 천둥이 같이 치다가 점점 천둥소리가 나중에 들리는 건 왜 그럴까?

그것은 빛이 전달되는 속도와 소리가 전달되는 속도가 다르기 때문이다. 빛은 전달되는 속도가 무척 빠르기 때문에 지구상에서는 거의 시간차가 느껴지지 않는다. 즉 저 멀리서 빛이 깜박여도 바로 같은 시간에 볼 수 있다.

그러나 소리는 일 초에 340m를 이동한다. 천둥번개를 일으키는 비구름이 이동하면, 빛을 발생하는 번개는 어디서나 번개가 친 그 순간에 볼 수 있지만, 소리를 내는 천둥은 조금 뒤에 들려오게 되는 것이다. 이것을 이용해서 비구름이 얼마나 떨어져 있는지 알 수 있다. 번쩍 하고 번개가 치고 천둥소리가 들리기까지 걸린 초를 세고 거기에 340을 곱하면 거리를 구할 수 있는 것이다.

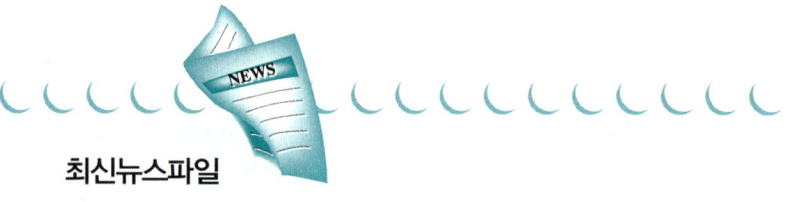

최신뉴스파일

휴대폰 사용이 일반화되면서 비오는 날 외부에서 전화하다 번개를 맞아 이용자가 사망하는 사고가 국내외에서 발생하고 있다. 왜 이런 현상이 일어나는 것일까. 휴대전화 배터리는 내부에 셀이라는 물질을 가지고 있다. 셀은 전기를 일으키는 전해질 덩어리다. 문제는 이 셀이 열이나 물 혹은 외부 충격에 매우 민감하다. 최악의 경우 폭발할 수도 있다. 물론 셀 주위에 3중, 4중의 보호 회로가 설치돼 있으나 이런 장치들이 완벽하게 휴대전화를 보호할 수는 없다. 따라서 휴대전화를 주머니에 넣을 때는 동전, 열쇠 등과 함께 넣는 것도 삼가는 것이 안전하다.

바닷물이 붉은색으로 변하는 적조 현상

Red Tide

바닷물이 빨갛다? 공포 영화에서나 나올 것 같은 일이지만 실제로 파란 바닷물이 붉게 변하는 현상은 종종 볼 수 있다. 물론 아주 새빨간 색은 아니지만 여름철 장마가 끝나고 나면 일부 바닷물이 불그스름하게 변하는데 이것을 적조 현상이라고 한다. 그렇다면 왜 바닷물이 빨갛게 변하는 현상이 일어나는 것일까?

그 원인은 바닷물 속에 살고 있는 플랑크톤 때문이다. 바닷속에는 조개, 물고기, 해초 등 다양한 동식물이 살고 있지만 이것들 외에 눈에 보이지 않는 작은 미생물들이 살고 있다.

이 미생물을 플랑크톤이라고 한다. 플랑크톤은 식물처럼 광합성을 하는 식물 플랑크톤과 이 식물 플랑크톤을 먹고 사는 동물 플랑크톤이 있다.

플랑크톤은 평소에는 바닷물 속을 떠다니면서 물고기나 조개의 먹이가 되지만, 날씨가 좋거나 바다로 들어오는 강물에 영양분이 많아지게 되면 엄청나게 숫자가 늘어나게 된다. 먼저 광합성을 하는 식물 플랑크톤의 숫자가 늘어나면 이를 잡아먹고 사는 동물 플랑크톤의 숫자도 계속 늘어나게 된다. 플랑크톤이 보통 때보다 많아지게 되면 이 플랑크톤의 모임이 눈에 보이면서 푸르던 바닷물 색이 변하게 된다. 이때 플랑크톤이 붉은 것이 많으면 바닷물 색이 붉은 색을 띠게 되는데 이것이 적조 현상이다.

얼핏 적조 현상은 단순히 플랑크톤이 늘어나는 것으로만 생각할 수 있지만 바다 생태계에 큰 영향을 미친다. 적조현상이 일어나면 그 지역의 조개 등의 어패류와 물고기 등의 어류가 모두 죽는 현상이 일어난다.

광합성을 하면서 이산화탄소를 먹고 산소를 만들어내는 식물 플랑크톤이 대량으로 늘어난 경우를 생각해 보자. 식물 플랑크톤이 늘어나게 되면 물고기의 아가미를 막아 물고기를 죽이기도 한다. 또 식물 플랑크톤을 먹고 사는 동물 플랑크톤이 먹이가 많아지기 때문에 빠르게 숫자가 늘어난다.

그런데 동물 플랑크톤은 산소를 만들어내는 대신 산소를 먹고 이산화탄소를 만들기 때문에 물 속에 있는 물고기가 호흡할 수 있는 산소를 다 소비해 버리게 된다. 또 플랑크톤이 죽으면 이 플랑크톤의 시체를 분해하는 세균들이 산소를 써 버리기 때문에 바닷속에는 산소가 부족하게 된다. 이렇기 때문에 어패류와 어류가 질식해서 죽는 일이 생기는 것이다.

또 적조현상을 일으킨 플랑크톤이 독을 가지고 있는 경우도 있어서, 이 유독한 플랑크톤이 많이 늘어나게 되면 물고기와 조개를 죽게 할 뿐아니라 이렇게 죽은 물고기와 조개를 사람이 먹었을 때 사람도 독에 중독이 될 수 있다.

  적조 현상은 전세계적으로 일어나고 있으며, 특히 일본, 미국의
캘리포니아 연안, 동남 아시아 연안과 북해 연안에서 자주 발생하
고 있다. 최근 우리 나라의 바닷가에도 계절과 상관없이 자주 나타
나고 있어 큰 피해를 입히고 있다.

최신뉴스파일

  남해안에서 주로 발생해 온 적조 현상이 2004년에는 서해안에서도 올
들어 처음으로 발생했다. 국립수산과학원 서해수산연구소에 따르면 서해
인 일대에 대한 적조 관찰 결과 인천 중구 무의도~·영흥도~·상공경도~대
부도~송도~한국가스공사~인천남항 일대에서 적조가 관측됐다는 것이
다. 적조 생물인 '녹티루카' 가 mL당 100~300개체의 밀도를 보였으며
폭 20~50m 규모로 조류를 따라 이동했다고 한다. 녹티루카는 일반 적
조 생물보다 큰 야광충으로 아직까지 수산 피해를 일으킨 사례는 없는 것
으로 조사됐다.

지구가 스스로 한 바퀴 도는 **자전**, 지구가 태양을 중심으로 도는 **공전**

rotation, revolution

아주 오랜 옛날 사람들은 지구는 평평한 모양을 하고 있고 달과 해가 그 주위를 돌고 있다고 생각했다. 이것이 지구는 움직이지 않고 해와 달, 별이 지구 주위를 돌고 있다는 '천동설'이다. 지구가 움직인다는 '지동설'이 나온 것은 그리스 시대의 프톨레마이오스라는 사람의 주장에서 나왔으며, 이후 코페르니쿠스와 갈릴레오의 연구를 통해 밝혀졌다.

지금은 지구가 움직인다는 것은 당연한 자연 현상으로 받아들여지고 있지만, 코페르니쿠스와 갈릴레오가 이 연구를 발표할 때만 해도 지동설을 주장한다는 것은 큰 죄로 여겨졌었다. 하지만 지금은 지구는 둥글고 태양 주위를 돌고 있다는 사실을 모든 사람이 다 알고 있다.

지구가 움직이는 것은 자전과 공전으로 나눌 수 있다. 자전은 지구가 스스로 한 바퀴 도는 것을 말하고, 공전은 지구가 태양을 중심으로 도는 것을 말한다. 이 자전과 공전은 밤과 낮, 그리고 1년을 만들어내는 중요한 역할을 한다.

　우리가 살고 있는 지구는 약 24시간에 한 바퀴씩 돌고 있다. 지구가 북극과 남극을 축으로 해서 한 바퀴 자전 운동을 하면 하루가 지나가게 된다. 이때 태양쪽을 향하고 있는 부분은 낮이 되고, 태양 반대편에 있는 부분은 밤이 된다. 이 자전 현상은 크게 보면 서쪽에서 동쪽으로 움직이는데 이때문에 해가 동쪽에서 뜨고 서쪽에서 지게 되는 것이다.

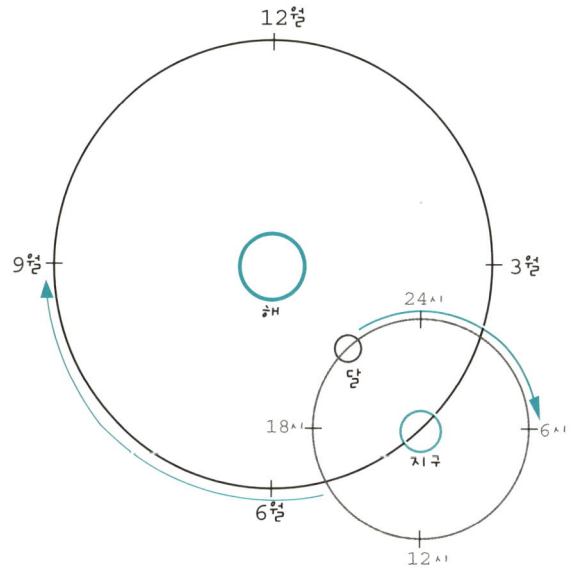

　또 지구는 태양을 중심으로 한 바퀴 도는데 365.24일이 걸린다. 이것을 공전주기라고 하는데, 지구가 태양을 한 번 돌면 1년이 지

났다고 한다. 하지만 우리가 세는 365일보다는 조금 남는 시간이 생기게 된다. 그렇다면 남는 시간은 어떻게 될까? 지구가 태양을 네 번 정도 돌면, 즉 4년이 되면 하루 정도의 시간이 남게 된다. 이 시간을 맞추기 위해 4년마다 한 번씩 하루를 더해서 날짜를 계산하게 된다. 이렇게 4년마다 돌아오는 1년을 윤년이라고 하고, 평소 28일인 2월달에 하루를 더해 29일로 계산하는 것이다.

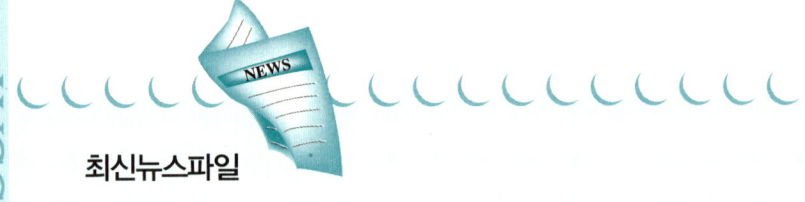

최신뉴스파일

우주의 이치를 배울 수 있는 놀이기구가 있다. 다름 아닌 '아스트로젝스(Astrojax)'.

2003년 10월 국내에 첫 선을 보인 아스트로젝스는 3개의 회전공과 연결선(스트링)으로 구성된 놀이기구다. 출시 3년 만에 전 세계적으로 450만 개가 판매된 초히트 상품이므로 특히 일본에서는 지난 7월 출시 이후 2개월 만에 50만 개 이상이 팔려나가는 대기록을 세우기도 했다.

이 놀이기구는 미국 코넬대학에서 물리학을 전공하던 래리 쇼가 태양과 지구, 달의 자전과 공전을 간단히 구현할 수 있는 타원 궤도를 연구하던 중 3개의 호두를 실에 꿰어 돌려보다 발명해 냈다.

5~7도 이상이면 치명적인 피해를 주는 지진

earthquake

어느날 갑자기 땅이 흔들리면서 건물이 무너지고 땅바닥이 쩍쩍 갈라지는 지진, 지진은 예고 없이 일어나서 인간에게 큰 피해를 주는 무서운 자연 현상이다. 작은 지진은 물건이 떨어지거나 땅이 가볍게 흔들리는 정도지만, 큰 지진은 한 도시를 뒤엎고 건물을 다 무너뜨릴 정도로 강력한 힘을 가지고 있다. 다행히 우리 나라에서는 큰 지진은 잘 일어나지 않지만, 이웃 나라 일본만 하더라도 지진 때문에 큰 피해를 입는 것을 종종 뉴스를 통해 볼 수 있다.

지진은 사람에게는 무서운 자연 재해지만, 지구 표면이 딱딱하게 고정되어 있는 덩어리가 아니라 끊임없이 움직인다는 증거이기도 하다. 지진은 지구의 구조 때문에 생겨나는 것이기 때문이다.

그렇다면, 지구는 어떻게 생겼을까? 지구는 쉽게 생각하면 달걀과 똑같은 구조를 가지고 있다. 달걀은 딱딱한 껍질과 하얀 액체인 흰자, 둥글게 뭉쳐 있는 노른자 세 부분으로 나눌 수 있는데, 우리가 살고 있는 지구도 달걀처럼 세 부분으로 나뉘어져 있다. 우리가 살고 있는 부분은 달걀 껍질에 해당되는 지각이라고 하고, 그 아래 부분이 달걀 흰자와 같은 맨틀, 그리고 노른자에 해당되는 핵이다. 하지만 우리가 살고 있는 지각 부분은 달걀처럼 하나로 이어져 있는 것이 아니라 조각조각으로 나뉘어서 액체 상태인 맨틀 위에 떠 있다.

지구를 덮고 있는 지각은 모두 12개의 판으로 구성되어 있는데, 이 판들은 액체 상태의 맨틀 위를 마치 물 위에 뜬 빙산처럼 떠 있게 된다. 맨틀은 액체 상태에서 항상 움직이는데, 이때 퍼즐처럼 맞춰진 지각판들이 서로 부딪치거나 밀면서 움직이게 되는 것이다. 이때 서로 밀고 있는 지각판에 힘이 더 들어가게 되면 모양이 변하다가 더이상 견딜 수 없게 되면 지각이 파괴되면서 지진이 일어나는 것이다. 따라서 판들의 경계가 되는 부분에서 지진이 많이 발생하게 된다. 일본에 지진이 많은 이유는 바로 이 판의 경계 부분에 일본 땅이 있기 때문인데, 세계적으로 지진이 많이 일어나는 나라를 보면 모두 지각판의 경계 부분에 있는 나라라는 것을 알 수 있다. 우리 나라는 다행히 안정된 지각에 있기 때문에 직접적인 지진 피해는 많지 않다.

지진은 강도에 따라 8개로 나뉘는데, 보통 0도에서 1도까지는 사람이 느끼기 어렵고, 4도 이상이면 건물이 흔들리거나 물체가 떨어지는 등의 현상이 일어난다. 5~7도 이상의 지진은 치명적인 피해를 주게 된다.

지진으로 인한 재해는 크게 지진 자체에 의한 1차 재해와 지진이 끝난 후 발생하는 2차 재해로 나눌 수 있다. 이 중에서 1차 재해는 지진이 일어났을 때 땅이 갈라지거나 건물이나 도로가 무너지는 것을 말하고, 2차 재해는 1차 재해가 일어나면서 가스가 폭발한다거나 화재가 일어나는 등의 재해를 말한다. 지진의 피해가 크기 때문에 지진이 자주 일어나는 나라들은 지진을 미리 알기 위해 노력하고 있지만, 아직까지 지진을 확실히 예보하는 것은 불가능하기 때문에 피해를 덜 입을 수 있는 방진 시설을 갖추거나 지진 대비 훈련을 하는 등의 활동을 하고 있다.

최신뉴스파일

기상청의 연도별 지진 발생 자료에 따르면 지난 1978년 기상 관측이 시작된 이래 인천 지역과 인천 앞바다에서 지진이 발생한 횟수는 총 37건이다. 이중 30%인 13회가 최근 4～5년에 집중됐다고 한다. 지난 1990년 이후 매년 간헐적으로 1～2차례씩 발생하다 2001년부터는 2～6차례씩 연속적으로 발생하고 있다는 것이다.

최근 발생한 13차례 지진의 대부분은 리히터 규모 2～4 사이의 약진에 불과하지만 2003년 3월 30일엔 백령도 서남서쪽 80km 해역에서 규모 5의 강한 지진도 1차례 발생했다고 한다.

눈이 내릴 때 길에 뿌리는 염화칼슘

calcium chloride

　겨울에 눈이 많이 온 날은 밖에 나가기도 쉽지 않다. 길이 전부 눈 투성이가 돼서 미끄러지기 쉽고 차도 잘 다니지 못한다. 이렇게 눈이 많이 오면 대형 차를 동원해 눈 위에 무언가 뿌리는 것을 볼 수 있다. 옛날에는 모래를 주로 뿌려서 눈을 녹게 하고 미끄러지는 것을 막았지만 요즘은 하얀 가루를 뿌린다. 이것이 어떤 작용을 하기에 눈을 녹이는데 쓰는 것일까?

　하얀 가루의 정체는 염화칼슘이라는 화학 물질이다. 염화칼슘이라는 물질은 눈 내릴 때 외에도 우리 주변에서 쉽게 볼 수 있는데, 바로 '물 먹는 하마' 같이 습기를 제거하는데 쓰는 제품에 염화칼슘이 들어 있다. '물 먹는 하마'를 사면 안쪽에 알갱이 같은 것이 있다. 이것이 바로 염화칼슘인데 다 쓰고 나면 통 안에 물 같은 것이 남아 있는 것을 볼 수 있다. 염화칼슘은 습기를 흡수하면서 스스로 녹기 때문에 나중에 액체 상태로 남게 되는 것이다.

　그렇다면 습기를 제거하는데 쓰는 염화칼슘이 왜 눈을 없애는데 쓰이는 것일까? 그 이유는 습기를 흡수한 염화칼슘이 녹으면서 열을 내기 때문이다. 여기서 생기는 열이 주변의 눈을 다시 녹이고 그 과정이 반복되면서 눈을 계속 녹이게 되는 것이다.

또 염화칼슘으로 녹은 눈은 다시 얼지 않는다는 장점이 있다. 액체가 어는 온도를 어는점이라고 하는데, 물은 보통 0℃에서 얼지만 소금이나 설탕, 염화칼슘같이 다른 물질이 섞이게 되면 훨씬 낮은 온도에서 얼게 된다. 한겨울에 물이 담긴 독이 터지는 경우는 있어도 김장독이 얼지 않는 이유는 바로 이 때문이다. 특히 염화칼슘이 섞인 물은 영하 55℃가 되어야 다시 얼 수 있을 정도로 어는점이 낮아지게 된다. 이런 장점 때문에 눈을 없애는데 염화칼슘을 쓰는 것이다.

하지만 염화칼슘은 금속을 녹슬게 만드는 성질이 있기 때문에 염화칼슘을 뿌린 곳을 지나간 자동차는 반드시 세차를 하는 것이 좋다. 그리고 화학 물질이기 때문에 도로 주변의 작은 나무들을 죽게 만들기도 하는 단점이 있다.

염화칼슘 말고도 소금으로도 같은 효과를 볼 수 있다. 우리 나라

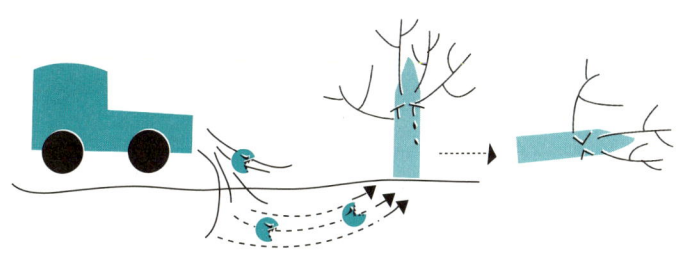

에서는 주로 염화칼슘을 쓰지만, 미국, 일본, 독일, 캐나다 등에서는 소금을 주로 사용하고 있다. 염화칼슘은 온도가 영하 10℃ 이하일 때 효과가 좋지만, 0℃에서 영하 10℃ 사이에서는 소금이 더 효과가 좋고 염화칼슘 때문에 생기는 문제가 적기 때문이다.

최신뉴스파일

폭설이 내릴 경우 염화칼슘은 우선 당장 교통소통에 중요한 역할을 하지만 환경 차원에서 볼 때는 그다지 반길 만한 것만도 아닌 것 같다. 2004년 5월 K신문사의 취재 결과 덕수궁 정동길 시청별관에서부터 정동교회 앞까지 약 320m 구간의 담벽 쪽 느티나무와 살구나무 중 80% 이상이 죽어가고 있는 것으로 확인됐다고 한다. 덕수궁 담벽 쪽 느티나무는 47그루 중 26그루가 고사 상태에 있고 살구나무는 10그루 중 9그루가 고사 직전인 것으로 확인됐다. 이같은 현상에 대해 전문가들은 겨울철에 살포된 염화칼슘에 의한 피해와 이 구간의 도로 구조 등이 직접적인 원인으로 보고 있다. 3월 폭설 때 정동길에 염화칼슘을 많이 뿌린 이후 비가 한동안 내리지 않아 느티나무 발아기인 4월 중순까지 염화칼슘이 비에 쓸려 내려가지 않은 채 그대로 땅 속으로 스며들었다는 것이다. 염화칼슘은 땅속으로 스며들 경우 주변 수분을 빨아들이면서 끈적끈적한 상태의 소금물로 변해 수목 발육에 치명적일 수 있다.

산업폐기물

industrial waste

산업 활동이 활발해지면서 생기는 유해 쓰레기들로 일명 '사업장폐기물'이라고 부르기도 한다. 유해성이 있느냐 없느냐에 따라 유해폐기물과 일반폐기물로 구분된다. 폐기물의 90% 이상은 일반폐기물이지만 유해폐기물은 그 유해로 인하여 취급과 처리·차분에 있어서 특별한 법적 규제를 받고 있다.

산업폐기물로는 광재(鑛滓)·오니(汚泥)·폐염기·폐고무·폐유·폐합성수지 등이 있다. 이같은 폐기물들은 스트론튬90·세슘137·크립톤85 등의 방사성물질, 금속표면 처리 후 방출되는 청산, 합금 성분인 카드뮴·수은·납, 수질 오염의 원인이 되는 6가크롬, 스모그 현상의 주요 원인인 아황산가스 등 여러 가지 성분으로 나뉜다.

폐산·폐알칼리는 pH가 2.0 이하 및 12.5 이상 되는 폐기물로서 부식성을 가지며 폐유기용제는 할로겐족(디클로로메탄·트리클로로

메탄)과 비할로겐족(벤젠 · 톨루엔 · 아세톤 등)의 용매 성분을 함유한 폐기물로서 물이나 기타 물질과 강력하게 반응하는 성질을 가진다. 또 폐유는 기름 성분이 5% 이상인 폐기물로서 인화성을 갖고 있으며 슬러지(sludge : 광재)는 , 분진, 폐주물사, 소각잔재물, 도자기편류, 폐촉매, 폐흡착제 등으로 이들은 용출특성 시험을 거쳐서 납 · 구리 · 수은 · 카드뮴 · 비소 · 6가크롬 · 시안 · 유기인 · 테트라클로로에틸렌 · 트리클로로에틸렌이 일정한 농도 이상으로 검출되면 독성을 가지는 것으로 판정한다.

폐석면 · 폐농약은 각기 발암성과 유독성을 가지는 폐기물로 폐석면은 과거의 경우 건물의 절연제 · 내화제로서 널리 쓰였지만 발암물질로 알려져 지금은 사용이 금지되고 있다. 폐합성고분자화합물은 플라스틱 등의 합성고분자 물질로서 난분해성 때문에 유해폐기물로 분류된다.

산업폐기물은 원인자 부담 원칙에 따라 1차적으로 사업자가 처리할 의무를 지지만 자원화나 재활용이 가능한 것은 배출업자가 직접 원료나 재료로 이용·판매할 수도 있다.

우리 나라에서는 지난 1991년 2월 〈폐기물관리법〉이 개정되었다. 새 법률에서는 폐기물을 일반폐기물과 특정폐기물로 분류하고 산업폐기물 가운데 유해물질만을 특정폐기물로, 나머지는 일반폐기물로 분류하도록 하고 있다. 또한 폐기물처리업자 규정도 종래의 중간처리업과 최종처리업에 수집운반업을 추가하여 3원화하였다.

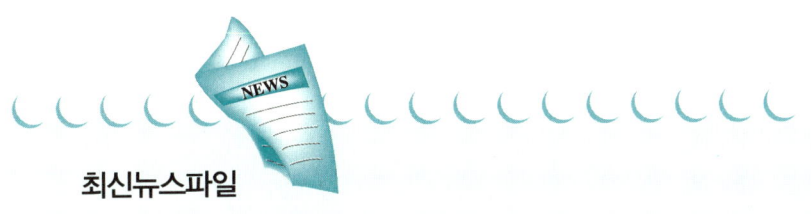

최신뉴스파일

화학 물질 남용 등 환경 오염은 알츠하이머, 파킨슨씨 병 등 뇌질환에 의한 사망자를 증가시키고 있는 것으로 알려졌다. 2004년 영국 옵서버지가 밝힌 내용에 따르면 1970년 말 영국내 뇌질환 사망자가 연가 평균 3,000명이었으나, 1990년대 말에는 1만 명으로 증가했다. 특히 1990년대 말 영국에서 알츠하이머병으로 사망한 여성환자 숫자가 1970년대 말에 비해 90% 증가했다고 한다. 뇌질환의 급격한 증가 원인으로는 살충제 남용, 산업 폐기물, 가정 쓰레기, 자동차 매연 등 화학 물질에 의한 환경 오염이 그 주범으로 알려지고 있다.

분뇨를 정화처리하기 위한 탱크 정화조

septic tank

환경을 해치는 것은 화학 물질이나 공해만은 아니다. 사람이나 동물의 배설물인 분뇨 또한 일정한 과정을 통한 처리가 제대로 이루어지지 않으면 수질 오염을 악화시키는 주범이 된다. 정화조는 이 때문에 생겨난 사람의 분뇨를 정화 처리하기 위한 탱크다.

우리가 배설하는 분뇨 중에는 사람이나 자연 환경에 영향을 끼치는 병균과 그렇지 않은 잡균 등 2종류의 세균이 포함되어 있다. 잡균에는 신선한 공기가 풍부한 곳에서 활동하는 호기성균, 공기가 적은 곳에서 활동하는 혐기성균, 공기가 많은 곳에서나 공기가 적은 곳에서도 활동하는 중성균 등이 있다. 정화조는 이와 같은 잡균을 정화조에 작용시켜 오수 중에 함유된 것으로써 사람에게 해로운 병균을 멸균시켜 정화하는 역할을 한다.

종말처리장을 가진 하수가 있는 구역 외에서는 오수를 정화조로 정화처리해야만 하수도에 방류할 수 있다. 이에 따라 건물이 생기면 자연히 뒤따라 설치되어야 하는 것이 정화조다. 정화조는 건물

ENVIRONMENTAL ESSAY

96

마다 설치하는 경우도 있지만 몇 개의 건물이 공동으로 설치하는 경우가 있다.

정화조의 구조는 정화조는 부패조·여과조·산화조·소독조 등 4부분으로 구성되어 있다. 수세식 화장실에서 흘러들어온 오수는 먼저 부패조에서 약 48시간 괴어 있는 동안에 침전 분리하여, 오물은 혐기성세균에 의해 부패·분해된다. 이중 일부는 액화·가스화되어 용적이 줄어든다. 이러한 부패·분해에 의해 유기물은 무기물화되어 안정된다. 오수는 다음 산화조로 이동되며 여기에서 주방이나 욕실에서 흐르는 생활하수에 의하여 쇄석면(碎石面)을 흐르는 사이에 산소성균의 작용과 쇄석층 내에 있는 공기와의 접촉에 의하여 산화된다. 처리된 오수는 소독조에서 염소 용액의 주

입을 받아 소화기 계통의 병원균을 살균 한 후 내보낸다.

　정화조는 가능한 한 화장실 가까이에 설치해야 하나 넓은 부지에 몇 개의 건물이 있을 때는 부지와 화장실의 배치 등을 고려하여 부패조를 2개소 이상으로 나누어 설치할 수도 있다. 이것을 분리조라고 한다. 정화조의 위치가 낮아 하수도로 자연 방류가 안 될 때에는 방류수를 펌프로 처리한다.

최신뉴스파일

　최근 국립공원 계곡 물에서 분뇨 오염을 나타내는 대장균 검출 수치가 급증하고 있어 공원 부근 화장실 오수 처리를 강화해야 한다는 지적이 나오고 있다. 2003년과 2004년 국립공원 계곡, 하천 수질 검사 자료에 따르면 '2004년 4~5월 측정 결과 소백산국립공원 희방계곡 등 7곳에서 분원성 대장균이 1천MPN 이상 검출돼 수영용수로도 쓰지 못할 정도로 오염된 것으로 나타났다. 측정 결과에 따르면 지난해 4~5월 측정시 81개 측정 지점 중 76곳에서 분원성 대장균이 검출됐고 이중 50~100MPN인 곳이 1~2곳, 100~1천MPN인 곳이 2곳이었고 1천MPN 이상인 곳은 없었다고 한다. 국립공원에는 공단이 관리하는 공중화장실이 414곳, 개인이 관리하는 일반화장실이 6천 824곳 있으나 일반화장실 중 3천 187곳(46.7%)에는 오수 처리시설이 설치돼 있지 않은 것으로 알려졌다.

환경 보호를 위한
생활 속의 작은 실천 12가지

환경 보호는 그리 거창하게 실시해야 하는 것만은 아니다.

우리의 생활 속에서 얼마든지 실천이 가능하고

지구촌 모든 사람들이 환경 보호를 위한 실천에 동참할 때

우리는 후손들에게 보다 건강하고 아름다운 세상을 물려줄 수 있을 것이다.

이제부터는 스스로 환경운동가라고 생각하고 실천해 보자.

"나 하나쯤이야" 하는 생각보다는

"나부터 해야지"라는 생각을 갖자.

종이 한 장, 볼 펜 한자루라도 아끼고 재활용하는 자세를 갖춘다면 우리의

환경은 보다 자연에 가까운 모습으로 건강하게 이어질 것이다.

자연은 절대로 우리들을 속이지 않는다.

우리들 자신을 속이는 자는 언제나 우리들이다.

– 루소 –

자동차 대신 대중교통 이용하기

서울의 경우 버스전용차선이 생겨남에 따라 지하철과 버스를 이용할 경우 이동하기가 매우 편리해졌다. 하지만 승용차를 이용하는 인구는 크게 줄지 않고 있다.

1985년 백만 대이던 자동차 보유 대수가 1997년에 천만 대를 넘어서면서 자동차의 오염 물질 배출량도 700만 톤에서 1,700만 톤으로 크게 증가하면서 대기 중 이산화질소(NO_2)와 오존(O_3) 농도가 증가하여 심각한 대기 오염의 주범이 되고 있다.

　이러한 대기 오염의 주범인 자동차 매연을 원천적으로 봉쇄할 수는 없겠지만 일주일에 단 하루만이라도 지하철이나 버스 등의 대중 교통수단을 이용한다면 대기 오염을 줄일 수 있을 것이다.

　한편 우리 나라의 자동차 등록 대수는 2004년 6월말 기준 1,500만 대에 이르러 자동차 보유 대수면에서는 자동차 강국이다. 하지만 관련 법규의 미비와 자동차에 대한 인식은 아직 선진국 수준에 미치지 못하고 있다.

　자동차는 늘었지만 자동차 문화는 여전히 후진국 수준이다. 운전자들의 무질서 의식이나 일단 큰소리나 욕을 하고 보는 매너가 좀처럼 개선되지 않고 있는데다 자동차 1만 대당 교통사고 발생 건수(2002년 기준)는 영국과 미국이 각각 72.7건, 87.2건인데 비해 우리 나라는 147.5건이나 된다. 자동차 1만 대당 사망자수 또한 영국과 일본이 각각 1.1명과 1.2명인데 비해 우리 나라는 4.5명에 달한다.

　자동차가 생활화된 지금 자동차를 줄일 수는 없다. 그러나 대기 오염을 줄이고 교통사고를 줄일 수 있는 방법을 찾아 실천에 옮겨야 한다. 승용차 요일제에 참여하고, 대중 교통들은 서비스를 높여 많은 사람들이 즐겁게 대중 교통을 이용할 수 있게 만들어나가야 한다.

스프레이 사용 줄이기

우리가 헤어스타일에 멋을 내기 위해 스프레이를 사용하면 프레온가스가 방출된다. 프레온가스는 안정적인 물질이기 때문에 대류권에서는 거의 분해되지 않고 성층권에 이르러 자외선에 의해 분해되는데 이로 인해 염소 원자가 발생하여 오존층을 파괴한다.

오존층은 태양으로부터 나오는 위험한 자외선으로부터 우리를 지켜주는 방패막 같은 구실을 하고 있는데 오존층이 파괴되면 지구는 자외선의 영향을 많이 받아 피부암과 백내장 등을 일으키는 등 인간을 해칠 뿐만 아니라 지구 온난화로 이어져 농작물의 수확, 물고기의 수효까지 줄어들게 된다.

스프레이 대신 환경 문제가 발생하지 않는 용품을 사용하거나 스프레이사용을 줄이는 일은 생활속에서의 작지만 의미 있는 환경 실천인 셈이다.

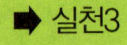

➡ 실천3
생활용품 아껴 쓰기

우리가 일상 생활 속에서 환경 보전을 위해 실천해야 할 일 중의 하나는 '아나바다' 정신이다.

나 한 사람이라도 물건을 아껴 쓰고, 쓰다 남은 것을 나누어 쓰며, 서로에게 필요한 것을 바꾸어 쓰고, 못 쓰게 된 것을 고쳐서 다시 쓴다면, 그만큼 자원은 적게 소비되고 환경 오염과 파괴는 줄어들 것이다.

가난을 경험했던 사람들은 어려웠던 시절을 생각하면 낭비란 해서는 안 될 일로 여긴다. 무엇이든지 절약하는 습관이 몸에 배어 있다. 때문에 기성세대들은 비교적 아껴 쓰는 문화에 길들여져 있다. 하지만 젊은 세대일수록 아껴 쓰는 습관이 부족한 게 현실이다. 생활용품을 아껴 쓰는 것은 근검 절약하는 생활도 되지만 환경 보호와 직결되는 문제다.

생활용품을 만들기 위해서 연료를 사용하고, 여러 가지 화학물질 등이 사용되는데, 이때 공기를 오염시키는 물질들이 나온다. 자원이 낭비되는 것은 물론이고 환경을 위협하는 공해 또한 늘어나는 것이다.

우리가 쓰기 편하게 만든 물건들은 자연과 어울리지 않는 것들
이 많다. 자연을 파괴하고 환경을 위협해서 결국에는 우리가 그 피
해를 받게 되는 것이다.

　　이뿐만이 아니다. 낭비가 심하면 심할수록 폐품이나 쓰레기도
많이 발생하므로 결국은 환경 오염을 부추기는 일이 된다.

　　휴지 한 장, 볼펜 한 자루일지라도 전국민이 아껴 쓸 때 그로 인
한 자원 절약과 환경 보호의 효과는 매우 클 것이다.

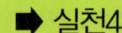

필요 없는 전기는 반드시 끄는 습관

거실에 나와 TV를 보고 있지만 공부방의 불은 여전히 켜 있는 경우가 흔하다. 이럴 때마다 어른들은 전기 아끼라며 한 마디씩 하곤 한다. 방 안의 전등을 밤새도록 켜 놓는다고 해도 전기 요금은 크게 늘어나지는 않는다. 때문에 대부분의 사람들 특히 젊은이나 학생층은 전력 소모가 많은 다리미나 에어컨 등에 비하면 전등 정도쯤이야 한두 개 더 켜놓는다고 큰일 날 일은 아니라는 생각을 갖게 된다. 전기를 아끼라는 어른들의 말은 한낱 잔소리쯤으로 여기기 일쑤다.

우리가 전기를 사용할 때는 전기 자체가 환경을 파괴한다는 생각을 하지 못한다. 하지만 전기의 생성 과정을 알게 되면 전기를 절약하는 일이 얼마나 소중한 일인지 알게 될 것이다. 전기를 만드는 데는 물을 이용하는 수력 발전도 있지만, 우리 나라의 경우 석탄이나 가스 등을 이용하는 화력 발전이 더 많다. 하지만 화력 발전소에서 전기를 얻을 때 많은 대기오염 물질들이 나온다는 사실을 인식하게 되면 전기 사용은 반드시 필요할 때만 절약해서 사용하는 습관이 필요할 것이다.

플라스틱이나 비닐 일회용품 사용을 줄여라

플라스틱을 태우게 되면 PVC 수지 계통(장판지, 업소용 포장랩 등)은 소각할 때 클로라이드 성분이 유기물과 결합하면서 치명적인 다이옥신을 만들어내게 되어 매우 위험하다. 아예 분해가 되지 않는 비닐을 태우면 공기중에 그 성분인 카드뮴이 퍼져나온다. 그럼에도 불구하고 플라스틱류나 비닐은 우리의 일상생활 중 곳곳에서 사용되고 있다. 심각한 문제가 아닐 수 없다.

이에 따라 환경부는 종이컵, 비닐봉투 등 일회용품의 사용 증가로 연간 38만 톤의 쓰레기가 발생, 자원 낭비가 심하다는 판단에 따라 지난 1999년 관련법 시행령을 개정해 일회용품의 사용을 규제하고 있다. 모든 음식점, 유흥주점은 종이, 합성수지, 알루미늄박 등을 원료로 만든 일회용컵, 접시, 용기, 수저, 포크, 칼 등과 나무젓가락을 사용할 수 없다. 다만 음식점이 손님에게 일회용 제품을 제공한 뒤 90% 이상 수거해 재활용 업체가 거둬 가면 계속 사용할 수 있다는 예외조항을 두고 있다. 또한 대중목욕탕이나 숙박업소에서는 칫솔, 면도기 등의 일회용품을 대형유통업소에서는 쇼핑백을 무상으로 지급하지 못하도록 되어 있다.

환경은 단지 국가적인 차원의 문제만은 아니다. 현대 기업들의 경우 환경을 중시하는 기업이 국가 사회에 일익을 기함은 물론이고 기업의 대외적인 이미지 또한 높이는 일이 되므로 최근 들어 기업들은 환경 경영에 발 벗고 나서고 있다.

일례로 국내 S기업은 2003년 7월부터 플라스틱 1회 용기 사용을 금지하고 종이 포장 용기를 사용한데 이어, 2004년 4월부터는 수산 및 축산 코너에서 친환경 '대나무 포장 용기'를 도입, 활용하고 있다. 대나무 포장용기는 대나무를 얇게 펴 프레스로 압축해 종이 형태로 특수 가공처리한 것으로, 버릴 때에도 유해 성분의 배출 없이 생화학적 분해가 일어나는 환경 친화 제품이다. 또 이 업체는 매주 1~2회 발행되는 전단지를 코팅 처리하지 않아 재활용할 수 있도록 하는 등 매장에서 실천할 수 있는 친환경 활동을 지속적으로 발굴, 실천하고 있다.

정부, 업소, 기업 등이 이처럼 플라스틱이나 비닐 그리고 일회용품 사용을 줄이기 위해 노력하는데 반해 국민 개개인들의 실천은 아직도 미흡한 게 우리의 현실이다. 앞으로 개개인의 노력이 따르지 않는다면 플라스틱, 비닐, 일회용품 등의 사용에는 보다 강력한 법적 조치가 따를 수밖에 없을 것이다. 우리 국민 각자의 자발적인 환경 실천을 위한 노력이 아쉬운 상황이다.

거의 모든 가정에서 사용하고 있는 합성 세제는 수질 오염의 주범이라고 해도 지나치지 않다. 합성 세제는 다른 오염 물질과는 달리 물에 녹은 상태에서 미생물에 의한 분해가 어렵고 물 위에 거품이 생기게 되어 산소가 물 속으로 녹아 들어갈 수 없게 될 뿐아니라 햇빛을 차단시켜 플랑크톤의 정상적인 번식을 방해하는 등 물을 오염시키기도 한다.

또 여기에 세척력을 높이기 위하여 넣는 '인'은 인산염이 되어 부영양화 현상을 일으켜 물을 썩게 한다. 지금은 분해가 잘 된다는 식물성 세제가 널리 사용되고 있으나 물의 오염 시비는 여전하다. 주택가나 아파트 단지 인근의 하천에서 흔히 볼 수 있는 거품의 원인이 바로 이 합성 세제이다. 합성 세제의 지나친 사용은 물고기는 물론 미생물도 살지 못하는 죽음의 하천을 만드는 것이다.

이에 따라 생활용품 시장이 환경친화형 신제품 개발 및 출시에 발빠른 움직임을 보이고 있는 것도 최근 주목해 볼 만한 트랜드다. 이미 녹차 등을 이용한 천연 세제가 눈길을 끌고 있으며 일부 업체에서는 먹어도 인체에 전혀 해롭지 않은 특별한 제품을 선보이면서 소비자들로부터 인기를 얻고 있기도 하다.

환경친화형 제품의 경우 일반 세제에 비해 가격은 다소 비싼 편이다. 하지만 환경 실천을 위해서는 이같은 제품 생산업체와 소비자들에게 박수를 쳐주어야 한다.

화장실 변기에 배수량 조절 장치 설치하기

　어느 곳에서나 쉽게 접할 수 있는 물이라고 해서 함부로 낭비하는 것은 훗날 큰 화를 자처하는 일이 될 것이다. 우리 나라의 경우 2011년이면 약 18억 톤의 물이 모자라는 물 부족 국가가 된다는 게 전문가들의 예측이다.

　따라서 정부는 이 문제에 대비하여 바닷물을 담수로 바꾸는 플랜트를 건설하기 위한 구체적인 작업을 추진중이다. 이미 중국, 인도 등을 비롯한 많은 국가에서 물 부족으로 인한 심각한 문제가 발생하고 있다. 이쯤 되고 보면 수자원을 절약하는 것은 우리 국민 모두가 실천해야 할 몫이 된다.

　수자원은 생활에서 얼마든지 절약할 수 있다. 화장실에서 변기 손잡이를 내릴 때마다 20~30리터의 물이 쓰인다. 그러나 변기의 물탱크에 배수량 조절 장치를 설치하면 비용을 들이지 않고도 간단하게 이 물의 15~40% 정도를 절약할 수 있다.

　배수량 조절 장치는 의외로 간단하다. 주스통이나 주방용 세제통과 같은 플라스틱병에 물을 가득 채워서 뚜껑을 닫은 채 변기 물탱크에 넣으면 된다. 가까운 일본의 경우 화장실 변기용 물을 이중으로 활용하는 변기 설치로 수자원 절약을 하는 업소들도 많다. 이 변기의 경우 변기 등받이 상판으로 물이 나온 후 변기의 물탱크로 흘러가기 때문에 손도 씻고 변기에 사용되는 물도 채워 주는 효과를 갖는다.

수도꼭지에 절수 장치를 다는 것도 좋은 방법이다. 우리 나라의 모든 가정에서 절수 장치인 저속 수도꼭지를 사용한다면 하루에 수천 리터 이상의 물을 절약할 수 있다.

일반적으로 사용하는 수도꼭지에서는 1분에 12~20리터의 물이 흘러나오는데, 거기에 저속 수도꼭지를 달면 수도꼭지에서 흐르는 물의 양을 거의 절반 가까이 줄일 수 있다. 저속 수도꼭지는 철물점이나 배관공구점에서 살 수 있으며 손재주가 없어도 쉽게 설치 가능하다.

또 물을 사용한 뒤에는 수도꼭지를 꼭 잠그는 것도 작지만 중요한 실천이다. 가정에서 수도꼭지를 제때에 잠그기만 하면 1년에 8만 리터의 물을 절약할 수 있는데, 우리는 별생각 없이 물을 틀어놓은 채 이를 닦거나 설거지 등을 한다. 양치질을 할 때에는 컵에 물을 담아 이를 닦고, 설거지를 할 때에는 대야에 물을 받아 놓고 하면 엄청난 양의 물을 절약할 수 있다. 물을 사용한 뒤에는 꼭 잠그는 것을 습관화해서 깜빡 잊어 사용하지도 않은 깨끗한 물을 낭비하는 일을 사전에 예방해야 한다.

➡ 실천8
세탁기 사용을 지혜롭게

　두세 가지 되는 소량의 옷을 세탁하기 위해 세탁기를 자주 돌리는 것보다는 세탁물을 한꺼번에 모아서 세탁하는 것이 좋다. 당장 세탁해서 입어야 하는 옷이 아니라면 가족들의 세탁물을 함께 모아 이틀에 한 번씩 세탁기를 돌리는 것이 전기 요금도 아끼고 세탁기의 수명도 길게 할 수 있다.

　또한 세탁물의 양에 맞게 세탁기 물을 받는 것이 좋고 세탁 과정을 전자동으로 놓기보다, 수동으로 작동해서 세탁 후 탈수를 하고, 그 다음 헹구게 되면 세탁 시간도 절약되고 상당한 양의 물을 절약할 수 있다.

➡ 실천9
토양 오염 줄이기

　토양은 물, 공기와 함께 가장 기본적인 환경의 구성 요소이다. 이러한 토양은 생물 존재의 기반으로서 그리고 물질 순환의 매체로서 매우 중요하고 다양한 역할을 하고 있다. 토양이 물이나 공기와 크게 다른 점은 유동성이 거의 없다는 것이다. 토양 속으로 들어온 오염 물질은 스스로 유동성을 가지지 않는 한 토양 내에 존재하는 토양수나 토양 공기에 의하지 않고는 거의 움직일 수 없는 특징을 가진다. 그 결과 폐기물 등과 같은 오염 물질이 토양 내에 묻히게 되면 쉽게 드러나지 않고 마치 청정한 환경인 것 같이 보이게 된다.

　그러나 토양이 일단 유해 물질에 의해 오염되면 생물 존재 기반으로서의 본래 기능이 훼손되고, 물질의 이동성이 나빠 장기간에 걸쳐 작물 오염 및 지하수 등의 수환경 오염을 일으켜 생태계는 물론 사람의 건강 및 생활 환경에 여러 가지 나쁜 영향을 끼치게 된다. 또한 한번 오염된 토양은 그 특성상 스스로 정화하기 어렵고 정화에 많은 시간과 비용이 든다는 점이다.

　토양 오염을 줄이는 작은 실천으로는 농약 사용 줄이기가 그 첫 번째다. 농약에는 수많은 독성 성분이 들어 있어 해충 뿐만 아니라

이로운 곤충들도 죽이며 산성 성분도 있어 땅을 산성화시켜 식물이 잘 자라지 못하게 하고 농약을 뿌린 농작물 또한 아무리 소독을 해도 잘 지워지지 않아 우리 몸에 해롭다. 또한 농약은 토양을 오염시키고 빗물에 씻겨 하천으로 들어가 주변의 하천도 오염시킨다

화학 비료 사용을 줄이고 자연 비료 사용하기도 매우 중요한 토양보호 실천 방법이다.

화학 비료는 비료를 준 첫 해에나, 몇 해 동안은 식물이 쑥쑥 잘 크지만 몇 년쯤 지나서부터는 땅 스스로 자연 비료를 만들어낼 수 없기 때문에 비료의 효과가 눈에 띄게 줄어든다. 그렇게 되면 더 많은 화학 비료를 줘야 하고, 악순환이 계속 되다보면 토양의 영양이 불균형해진다. 화학 비료 속에도 식물에게 꼭 필요한 질소, 인산, 칼륨이 적절히 들어가 있긴 하지만 식물에 따라, 환경에 따라 영양소를 골라서 선택해서 흡수하기 때문이다.

자연 비료는 말 그대로 자연 상태에서, 자연에서 얻어진 재료로, 자연적인 방법으로 만드는 것으로 두엄, 퇴비, 부엽토, 사람 인분 등이 있다. 자연 비료는 썩혀서 만든 것, 즉 미생물에 의해 분해되었기 때문에 자연 상태에서도 미생물이 살 수 있는, 살아 있는 땅에서만 만들어질 수 있다. 또한 화학 비료와는 달리 비료를 주고 나서 효과가 빨리 나타나지는 않지만 대신 그 효과가 오랫동안 지속된다. 이와같이 화학 비료는 사연의 순환, 균형을 무너뜨리기 때문에 되도록 화학 비료보다 자연 비료를 사용하는 것이 좋다.

재활용 가능한 상품 구입하기

물건을 살 때 재활용이 가능한지 확인하고 구입하는 것이 경제적이면서도 환경보호 실천을 위한 실질적인 활동이 된다. 재활용 가능 표시가 있는 제품은 사용 후 분리하여 보관하면 재활용이 가능하다. 이는 쓰레기를 줄일 수 있을 뿐만 아니라 자원도 절약할 수 있기 때문이다.

또한 우리가 사용하는 물품 중에는 반드시 새 것이 아니어도 사용에 불편함이 없는 것들이 많다. 가구를 비롯한 반영구적인 생활용품들이 그렇다. 필요한 물품이 있다면 먼저 각 지역별로 자리해 있는 재활용 센터를 찾아가 보자. 이곳에 가면 사용하는데 문제가 전혀 없는 제품들이 많다. 중고품이기 때문에 가격은 매우 저렴하므로 경제적으로도 큰 이득을 보게 된다.

또한 전국적으로 점포 수가 늘고 있는 '아름다운가게'를 찾아가 보는 것도 좋은 일이다. 이곳은 쓰지 않는 헌 물건, 아직 사용하지 않은 새 것이라도 내게는 필요 없는 물건을 필요한 이웃을 위해 내놓는 사람들이 모여 나눔을 실천하는 장이다. 기증받은 헌 물건을 모으고 손질해서 필요한 사람에게 싼 값으로 되팔아 다시 사용하

ENVIRONMENTAL ESSAY

도록 하는 순환을 지향한다.

　장기적으로는 '한국의 옥스팜(Oxfam)'을 추구하는 아름다운가게는 헌 물건을 판매하며 얻은 수익으로 제3세계의 빈곤 구제와 사회 지원에 쓰고 있는 영국의 '옥스팜'을 모델로 삼아 전국적인 네크워크를 형성하며, 제3세계의 사람들과 손잡고 그들을 지원하고 협력하는 일을 추진해 나갈 계획이라고 한다.

음식물 쓰레기 줄이기

ENVIRONMENTAL ESSAY

　음식물 쓰레기 봉투가 있어 가정이나 업소에서 이를 실천하는 것만으로도 환경 보호에는 큰 힘이 된다. 하지만 조금만 더 신경을 쓰면 환경 보호를 위해 더 큰 효과를 거둘 수도 있다.

　음식을 먹을 만큼만 준비하는 것은 가장 좋은 방법이다. 어쩔 수 없이 음식 쓰레기가 나왔다면, 수분을 꼭 짜내고 버려주는 것이 좋다. 하지만 가능하다면 음식 쓰레기들을 모아 퇴비 혹은 사료로 재활용하는 것도 좋은 방법이다. 화단이 있는 가정에서는 화단을 파고 흙 속에 묻어주면 더없이 좋은 거름이 된다. 화단이 없는 아파트나 다세대 주택의 경우 대형 화분의 거름으로 활용하면 좋다. 화분의 꽃이나 나무 옆부분에 넣어주고 흙으로 덮으면 악취가 나지 않으면서도 자연적으로 거름으로 변한다.

➡ 실천12
종이의 뒷면 재사용하기

　15년 내지 17년 된 나무 한 그루로 겨우 700여 장의 종이가 만들어지며 우리 나라는 그 원료를 거의 수입에 의존하고 있다. 우리 나라 국민들이 상용하는 종이량은 1년에 800만 톤이다. 이를 위해 베어진 나무는 1억 3600만 그루인 것으로 추산된다. 국민 1인 당 연간 종이 사용량은 170kg이며 종이 사용을 위해 1인당 30년생 원목 2.9그루를 잘라내고 있는 셈이다.

　따라서 가급적이면 한 번 사용한 종이나 뒷면이 깨끗한 컴퓨터 인쇄 용지의 경우 연습지나 메모지 등으로 이면지를 재사용하여 종이를 절약해야 한다. 또 불필요한 책이나 신문 등은 태우거나 물에 적시지 말고 잘 모아서 재활용품 수거할 때 내놓으면 새로운 종이로 다시 살아나게 된다.

폐품으로 만드는 생활용품

현대인의 생활은 폐품을 쏟아내는 생활이라해도 지나치지 않을 만큼

수많은 종류와 양의 폐품을 남긴다.

쓰고 났으니 더 이상 효용 가치가 없다하며 무작정 버릴 경우

지구는 폐품 천국이 될지도 모를 일이다.

폐품을 줄이는 것은 환경 보호를 위한 중요한 실천 중 하나며

폐품으로 실생활에 필요한 새로운 용품을 만들어 재활용하는 것은

경제적으로도 도움이 되는 일이다.

재활용이 가능한 것이라면 내 손으로 직접 필요한 물건을 만들어보자.

작은 생각과 작은 실천이 지혜로움이 넘쳐나는 환경 생활을 만들어준다.

힘들이지 않는 자에게는 아무것도 주어지지 않는 것.

그것이 자연의 법칙이다.

– 호레스 –

한번에 말끔히 정리 정돈되는
욕실용품 수납걸이

오래 사용하여 낡아서 못쓰는 수건들을 버리지 말고, 번뜩이는 아이디어를 이용하여 예쁘고 알차게 사용할 수 있는 수납걸이를 만들어 보자.

▶ **필요한 재료**
- 원하는 색의 헌 수건 3장
- 흰색 끈 50cm 가량
- 재봉틀 또는 실과 바늘
- 나무 봉

✽ **내 손으로 만들기**

첫 번째, 수건을 40×17cm 사이즈로 3장을 재단한다. (수건을 재단할 때, 한쪽은 시접 처리가 된 것을 살린다.)

두 번째, 40×60cm 사이즈의 수건 한쪽을 1cm 접고 다시 2cm를 접어 박아서 봉을 끼울 수 있게 한다.

세 번째, 40×17cm 사이즈의 수건에서 시접 처리가 된 부분을 위로 오게 하여, 아래 부분을 1cm접고 다시 1cm 접어서 박는다. (아랫단을 박고, 옆선을 박는다.)

같은 방법으로 수건 3장을 '두 번째'의 방법으로 박는다.

네 번째, '세 번째'의 수건 중간을 3등분하여, 세로로 바느질을 한다. 같은 방법으로 수건 3장을 모두 바느질한다.

다섯 번째, 윗부분에 나무 봉을 끼우고, 끈을 매달면 완성.

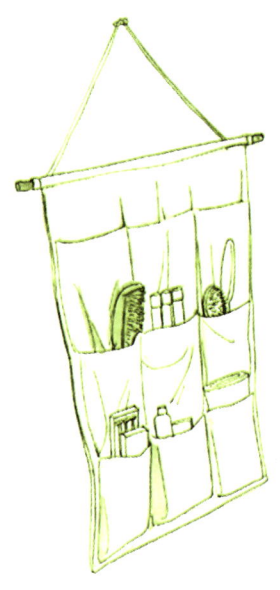

맨발에 닿는 좋은 느낌 폭신폭신 타월 매트

    샤워를 하고 화장실 문을 나서면 제일 먼저 닿는 곳이 문 앞에 놓인 매트일 것이다. 화장실을 오고 가며 꼭 밟게 되는 매트를 낡은 수건을 이용하여 보기에도 좋고 발에도 폭신한 나만의 예쁜 매트로 만들어 보자.

▶ **필요한 재료**
   – 원하는 색의 수건으로 2가지의 색으로 나누어 각 4장씩
   – 실과 바늘

❋ **내 손으로 만들기**
   첫 번째, 수건을 세로를 길게 잡은 뒤, 폭 4cm 간격으로 자른
       다. (예: 흰색, 녹색)
   두 번째, 세로로 길게 자른 흰색, 녹색의 수건 조각을 4cm폭
       끼리 맞대이 끝 부분 을 바느질로 고정한다.
   세 번째, 한쪽 면이 맞닿은 수건 조각을 꽈배기처럼 단단하게
       꼰 후 바느질로 고정시켜 마무리한다.
   네 번째, '세 번째'의 꼬아진 수건 조각을 빈틈없이 돌돌 말아

서 타원형 모양을 만든다.

다섯 번째, 중간 중간 바느질 땀으로 꼬인 수건과 수건이 풀리지 않도록 고정한다.

주의

– 수건을 꽈배기 모양으로 꼴 때 '두번 째'의 방법인 바느질이 풀리지 않게 단단하게 꿰매는 것이 중요하다. 또한 꼬인 수건이 풀리지 않도록 잘 마무리하는 것도 잊지 마세요.

평소 캔 음료를 마시고 난 뒤 무심코 버려졌던 캔을 사용하여 알뜰 수납 선반을 만들어 보자. 캔에 내가 원하는 예쁜 그림도 넣고, 좁은 공간을 원하는 위치에 맞게 배열하여 보기도 좋고, 효과적인 공간 활용을 해보자.

▶ 필요한 재료
- 깡통 4개
- 못 입는 옷이나 천
- 이불 솜
- 실리콘
- 선반 1개

✳ 내 손으로 만들기
첫 번째, 깡통의 안을 깨끗이 닦은 뒤, 라벨을 없앤다.
두 번째, 캔 겉 표면에 솜을 붙이고 천으로 포장한다.
세 번째, '첫 번째', '두 번째'와 같은 방법으로 깡통 4개를 모두 포장한다.

네 번째, 깡통이 움직이지 않도록 깡통과 깡통 사이에 실리콘으로 고정한다.

주의

– 깡통의 입구 부분이 날카롭기 때문에 손이 베이지 않게 주의하세요.

바람에 날리는 나만의 풍차

어렸을 때 수수깡으로 만들어 놀던 바람개비를 다 먹은 빈 우유 통을 이용하여 나만의 상상력으로 개성있는 풍차를 만들어 보자.

▶ 필요한 재료
- 빈 우유통(500ml 이상)
- 수수깡
- 색종이
- 접착제
- 가위, 핀

✽ 내 손으로 만들기
첫 번째, 색종이로 우유통의 겉면을 꾸미고, 문과 창문이 될 부분은 칼로 오려둔다.
두 번째, 시붕이 될 부분에는 수수깡을 붙여 장식을 하고, 얇게 토막낸 수수깡으로 앞면의 문 주변에 붙여 꾸민다.
세 번째, 풍차 날개는 수수깡에 색종이를 붙여 핀으로 고정시킨 다음 지붕 앞쪽에 붙인다.

네 번째, 칼로 오려둔 옆면과 뒷면의 창문에 색종이로 사람을
접어서 붙여 보거나 예쁘게 커튼을 꾸며서 달아본다.
다섯 번째, 이렇게 만든 풍차를 케익 받침대나 빈 상자 위에
고정시킨 다음 나무를 만들어 붙이고 동물을 종이
접기나 그려서 붙여 놓으면 멋진 풍경이 있는 풍차
마을이 될 것이다

로프로 만든 편안한 간이 의자

책상이나 화장대에 오랜 시간 앉아 있게 되면 누구나 의자의 불편함을 느낄 수 있을 것이다. 편안 의자를 찾자니 많은 비용과 자리도 많이 차지하게 되고 건강에만 비중을 두어 디자인 면까지 만족하기 쉽지 않다. 로프를 이용하여 딱딱한 의자를 방석을 깔지 않아도 편안하게 만들어 보자.

▶ **필요한 재료**
　– 등산용 코일 로프(10yard) 정도
　– 글루건

❋ **내 손으로 만들기**
　첫 번째, 연필로 의자의 중앙 부분을 표시한다.
　두 번째, 중앙에서 시작, 로프를 빈틈없이 돌돌 만다.
　세 번째, 중간 중간 글루건을 쏘아 붙여서 로프가 들뜨지 않게 한다.
　네 번째, 같은 방법으로 의자의 아랫부분까지 로프를 말아 붙이면 완성

주의

- 글루건을 이용하여 로프를 붙일 때에 이를 고정하기 위하여 줄 바깥 부분에 보이지 않게 잘 붙이세요.
- 오랜 시간 말린 후에 글루건이 완전 굳었을 때까지 기다린 후에 사용하세요.

긴 원통 모양의 감자칩을 먹은 후에 버리긴 아깝고 재미있는 무언가를 만들고 싶지만 딱히 만들어 사용할 만한 가치의 물건을 만들기에 딱히 좋은 생각도 나지 않을 때.

감자칩 통을 이용하여 예쁘고 편리한 CD홀더를 만들어 보자.

▶ **필요한 재료**
- 원형 감자칩 통 1개
- 실버 시트지
- 와이어 약간씩
- 수도꼭지 장식 1개
- 자석 5개(지름 3cm)
- 레터링, 글루건 칼

✽ **내 손으로 만들기**
첫 번째, 감자칩 통 전체를 시트지로 감싼다.
두 번째, CD가 통의 1/3되는 지점까지 꽂히도록 2/3 부분을 잘라내고, (이때 폭은 1cm 정도가 적당하다) 같은 방법으로 4~5개를 잘라 홈을 낸다.

세 번째, CD 꽂이가 넘어지지 않도록 바닥에 자석을 붙인다.

네 번째, 앞부분에 와이어를 감아서 붙이고, 수도꼭지와 레터
링으로 장식하면 완성.

주의

　– 시트지를 붙일 때 종이가 울지 않도록 꼼꼼하게 손으로 눌
러 붙이세요

　– 통을 자를 때에 손이 베이지 않게 안전하게 칼을 사용하세
요.

실속 만점의 소 가구 수납용 벤치

좁은 공간을 보다 효과적으로 사용하기 위한 좋은 방법!

우리 집은 내가 꾸민다~!

두 가지의 용도로 사용할 수 있는 알뜰살뜰 나만의 가구를 만들어 보자.

▶ 필요한 재료

  - 3단 수납장 MDF(중밀도 섬유판)
  - 톱
  - 경첩 6개, 못과 망치

✱ 내 손으로 만들기

  첫 번째, 3단 수납장의 사이즈(42×90cm)에 맞춰서 덮개(42×90cm)를 제작한다

  두 번째, 넢개를 여닫을 수 있도록 손잡이 부분을 잘라낸다

  세 번째, 덮개와 같은 사이즈로 등받이를 만든다.

  네 번째, 등받이의 모서리를 따라 폭 5cm의 MDF(두께는 1cm)를 둘러주고, 역시 같은 방법으로 3등분한 지점

마다 MDF를 가로질러 붙인다.

다섯 번째, 경첩을 이용해서 수납장과 덮개를 연결하고, 또 다시 경첩을 이용해서 덮개와 등받이를 연결한다

어디 놓아도 잘 어울리는 로맨틱풍의
미니 스탠드

공부하는 책상, 화장대, 침대 옆 등 집 어딘가에 꼭 한 군데는 놓여져 있을 스탠드. 이 스탠드를 보다 예쁘고 분위기 있게 만들어 볼 좋은 방법은 없을까?

도배하고 남은 벽지나, 선물 받은 포장지를 사용하여 새롭게 리폼해 보자.

▶ **필요한 재료**
- 도배하다 남은 벽지
- 펀치
- 끈 또는 와이어 약간

✳ **내 손으로 만들기**

첫 번째, 리폼할 스탠드 갓의 둘레 사이즈의 3배 정도 크기로 벽지 또는 포장지를 자른다.

두 번째, 첫 번째에서 자른 종이를 2cm 간격으로 안으로 접은 후, 다시 밖으로 접는 것을 반복한다.

세 번째, 윗부분을 펀치를 사용하여 구멍을 뚫고, 실 또는 와

이어로 엮는다.

네 번째, 스탠드의 와이어 갓에 새로 만든 갓을 씌우고 간격과 길이를 조절한다.

(먼저 길이를 조절해서 고정한 뒤, 실 또는 와이어를 잡아당겨서 간격을 조절하는 것이 좋다)

다섯 번째, 스탠드 갓이 움직이지 않도록 실 또는 와이어를 이용해서 본체와 서로 묶어 준다.

예쁜 선물로도 좋은 꽃꽂이 유리병

친구에게 좋은 선물을 하고 싶은데 뭐 좋은 방법이 없을까.
돈 들이지 말고 내 손으로 직접 만들어 보자.
딸기쨈 병이나 각종 반찬이 담긴 병들을 이용해서 예쁜 선물로
바꿔보자.

▶ 필요한 재료
  - 유리병
  - 침봉
  - 가위
  - 노끈
  - 리본
  - 네임 택(tag)
  - 래커 스프레이

✽ 내 손으로 만들기
  첫 번째, 유리병을 깨끗이 씻은 후 물기를 말린다.
  두 번째, 뚜껑은 흰색 래커 스프레이를 뿌린 뒤 말린다.

세 번째, 유리병의 안에 침봉과 가위, 노끈, 리본을 넣고 뚜껑
    을 닫는다.
네 번째. 세 번째의 유리병에 리본을 묶고 네임 택을 매달면
    완성.

안 쓰는 소주잔의 깜짝 변신
클립 · 압정 수납통

장식장에 자리만 차지하고 있던 안 쓰는 소주잔을 이용해서 수납할 수 있는 수납통으로 만들어 보자.

▶ **필요한 재료**
- 소주잔
- 자석
- 글루건

✻ **내 손으로 만들기**

첫 번째, 소주잔 안에 글루건으로 자석을 단단히 붙인다.

두 번째, 잘 말린 후 클립이나 압정 등 쇠로 된 문구용품을 보관한다.

포장용 리본으로 만든 **장식 앨범**

선물 받은 포장지나 리본 끈. 버리긴 아깝고 다시 쓰자니 어떻게 쓸 수 있는 방법이 없나 고민할 때, 리본 끈을 사용하여 멋진 장식 앨범을 만들어 보는 건 어떨까?

▶ **필요한 재료**
  − 선물 포장용 리본
  − 양면 테이프
  − 팽킹 가위

✱ **내 손으로 만들기**
첫 번째, 리본을 6cm 길이로 여러 개 자른다
두 번째, 리본의 양쪽 끝을 잡아 아래로 내리고, 중앙 부분을
　　　　삼각형 모양이 되도록 접는다.
세 번째, 앨범의 사진 모서리가 닿는 지점에 2개, 또는 4개의
　　　　리본을 붙인다.
네 번째, 사진의 모서리를 리본에 끼우면 성공.

빈상자를 깜짝 변신시킨 키 박스

집에 나가기 전에 항상 열쇠가 어디 있나 다시 들어와 찾게 되신 적 있으세요?

그렇다면, 이제 고민 끝! 키 박스를 이용해 보기 좋고, 사용 편한 공간을 만들어 보자.

▶ **필요한 재료**
  - 나무 박스 또는 종이 박스
  - 패브릭, 콜크
  - 경첩 2개
  - 행어 9개
  - 나무판자
  - 글루건, 양면 테이프

✽ **내 손으로 만들기**
  첫 번째, 빈 박스(나무 박스가 가장 좋고 없으면 종이 박스를 이용)
        박스의 겉을 가을 느낌의 패브릭으로 씌운다.
  두 번째, 첫 번째의 뚜껑에 박스 크기보다 작은 사이즈로 콜크를 잘라서 붙인다.

세 번째, 박스와 박스의 뚜껑이 연결되는 부분에 경첩을 붙인다. 박스 안에는 키를 걸 수 있도록 행어를 붙인다.

네 번째, 나무 판자를 박스 크기에 맞게 잘라서 지붕을 만들어 단단히 붙인다.

헌 옷에서 얻은 가죽으로 만든 열쇠고리

다른 옷보다 가격이 비싼 가죽옷은 가죽이 헐어 입지 못할 때 버리긴 아깝고 무언가 새롭게 만들 수 있는 좋은 방법이 없을까?

이제 다양한 모양으로 나만의 예쁜 열쇠 고리로 변신시켜 보자.

▶ **필요한 재료**
- 버리는 가죽 옷이나 가방 등
- 가위
- 고리
- 접착제

✽ **내 손으로 만들기**

첫 번째, 오려서 사용할 부분을 두 장 겹진다.

두 번째, 그리고자 하는 그림을 가죽 위에 그린다.

세 번째, 그림을 두장 겹쳐 자른다.

네 번째, 두 장의 안쪽에 접착제를 바르고 서로 붙인다.

다섯 번째, 가죽 위에 다른 색 가죽이 있으면 오려서 장식한다.

여섯 번째, 고리를 넣고 뒤로 붙인다.

라면박스를 이용한 다용도 상자

주변에서 쉽게 구할 수 있는 큰 박스를 이용해서 옷, 장난감 등 여러 가지를 담을 수 있는 다용도 상자를 만들어 보자.

▶ 필요한 재료
  – 라면 박스
  – 시트지
  – 나사

✱ 내 손으로 만들기

첫 번째, 라면 박스와 같은 두꺼운 박스를 이용하여 가로 10cm, 세로 50cm 정도 자른다.

두 번째, 자른 종이 막대를 나무무늬 문양의 시트지로 싼다.

세 번째, 만들고자 하는 상자 넓이를 생각하며 막대를 하나 하나 연결하여 상자 모양으로 만든다. (이때 짧은 나사 못을 박아 망가지지 않도록 튼튼하게 고정시킨다)

네 번째, 위에 덮는 뚜껑도 2단계와 마찬가지로 종이 막대를 연결하여 만든다.

ENVIRONMENTAL ESSAY

146

옷걸이를 이용한 농구대

농구를 하고 싶은데, 농구대가 없다? 쓰지 않는 옷걸이를 가지고 멋진 농구대를 만들어 보자.

▶ **필요한 재료**
- 헌 옷걸이
- 노끈
- 깨진 쟁반
- 샌드페이퍼
- 락카
- 청테이프

✽ **내 손으로 만들기**

첫 번째, 버리는 옷걸이의 나사를 풀어 옷 거는 걸이를 제거하고 기둥만 남긴다.

두 번째, 기둥의 녹슨 부분을 샌드페이퍼로 닦아내고 락카를 뿌려 깨끗하게 한다.

세 번째, 깨진 쟁반을 이용하여 농구공이 들어갈 수 있을 만큼 동그랗게 잘라낸다.

네 번째, 헌 비닐끈을 3가닥으로 땋아서 그물망을 만든다.

다섯 번째, 동그랗게 잘라낸 쟁반을 흠을 내어 3단계 그물망을 고정시킨다.

여섯 번째, 옷걸이 기둥 윗부분에 고무줄과 청테이프를 이용하여 농구공 그물망을 단단히 고정시켜 마무리한다.

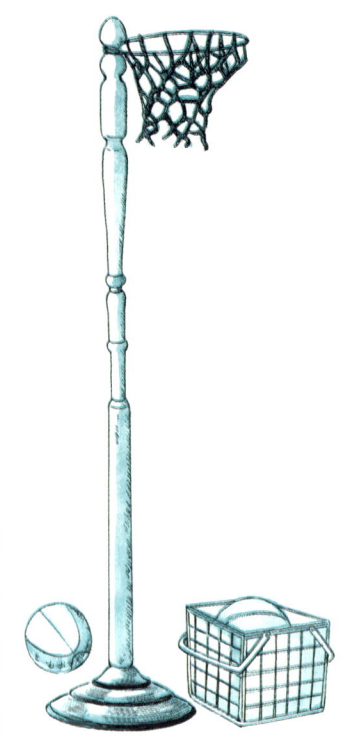

헌 우산천을 이용한 장바구니

옛날에는 우산 고쳐주는 직업이 있을 정도로 우산을 아껴 사용하였다. 그러나 요즘에는 집에 헌 우산이 있어도 고쳐 쓸 생각을 하지 않는다. 이제 구석에 처박혀 냉대받고 있는 헌 우산을 새로운 모습으로 바꿔주자.

쓰다 버리게 된 우산을 이용해서 튼튼하고 예쁜 장바구니를 만들어 보자.

▶ 필요한 재료
  - 헌 우산천 2장(밝고 환한 빛깔의 양산이나 무늬가 있는 우산이면 더욱 좋다.)
  - 장바구니 본을 뜨기 위한 마분지
  - 장식 고리

✽ 내 손으로 만들기
  첫 번째, 망가진 우산 1개의 천을 펼쳐 절개된 부분을 박음질해 튼튼하게 한다.
  두 번째, 우산천에 원하는 장바구니 모양의 본을 떠서 재단한다.

세 번째, 나머지 1개의 우산천을 잘라 바이아스를 만들어 가
방 모양대로 튼튼하게 재봉틀로 박아 주고 나머지는
가방끈과 장식끈을 만든다.

네 번째, 완성된 장바구니 원형에 장식끈과 가방끈을 튼튼하
게 달고 장식 고리로 장식끈을 마무리한다.

쉽게 만들어 사용하는 PT주전자

　폐품인 페트병을 이용하여 여러 가지 용도로 사용할 수 있는 재활용 주전자를 만들어 보자.

▶ **필요한 재료**

- 페트병 2개(1.5L)
- 송곳
- 글루건
- 만능톱
- 스카치테이프
- 가위

✽ **내 손으로 만들기**

첫 번째, 폐품인 PET병으로 재활용을 할 수 있는 주전자를 설계한다.

두 번째, 1개의 PET병을 반으로 자른다.

세 번째, 윗 부분을 대각선으로 잘라 주전자 꼭지 모양으로 만든다.

네 번째, 아래 부분의 중앙에 구멍을 뚫고 주전자 꼭지를 글루건으로 붙인다.

다섯 번째, 주전자 뚜껑은 다른 PET병의 밑 부분을 오려서 만들고, 손잡이도 만든다.

여섯 번째, 병 마개에 송곳으로 구멍을 뚫어 끼우면 물뿌리개로도 사용될 수 있다

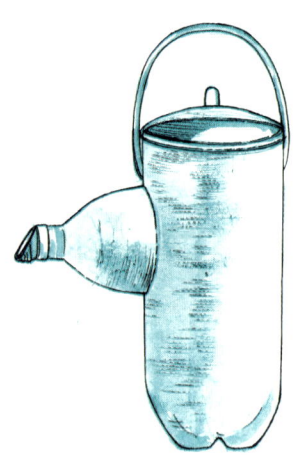

쌀자루로 만든 보조 가방

수퍼마켓이나 시장에서 사용하는 일회용 봉투를 줄이는 방법으로 시장바구니 사용을 들 수 있다. 나만의 시장바구니를 만들어보자.

신발 주머니, 시장 갈 때 들고 다니는 가방, 각종 소품 등을 넣을 수 있는 주머니 등 어디든 쉽게 가지고 다닐 수 있는 크고 가벼운 가방을 쌀자루를 가지고 만들어 보자.

▶ 필요한 재료

- 쌀자루
- 부직포
- 털실

✲ 내 손으로 만들기

첫 번째, 쌀자루를 원하는 보양으로 본을 뜬 다음 재단하여 박음질한다. (가방 입구는 제외)

두 번째, 가방 입구는 가방끈(털실)이 들어갈 수 있도록 7cm 정도 시접을 접어 박음질을 한다.

세 번째, 가방끈은 가방 윗부분과 밑부분을 연결하여 단단히
　　고정시킨다.
네 번째, 가방 모양이 허전하므로 부직포를 이용하여 꽃 모양
　　이나 동물 모양을 만들어 붙이는 것도 좋다.

호일 박스로 만든 다용도 상자

잡동사니 가득한 싱크대 서랍. 종류별로 정리할 수 있는 작은 상자 하나 있으면 좋을 텐데…. 가늘고 긴 물건을 보관하는데 안성맞춤인 다용도 상자를 만들어 보자.

▶ **필요한 재료**

    – 다 쓰고 난 랩이나 호일박스

    – 자투리 천 또는 색지

    – 리본, 본드

✽ **내 손으로 만들기**

    첫 번째, 랩이나 호일을 다 쓴 상자를 구한다. 다치지 않게 조심해서 톱니 부분을 제거한다.

    두 번째, 상자의 가로, 세로, 높이를 정확히 잰다.

    세 번째, 잰 치수에 여분을 너해, 박스를 감쌀 수 있는 천을 재단한다.

    네 번째, 본드를 사용해 천으로 상자를 감싸준다.

    다섯 번째, 리본으로 장식한다.

빈 우유통으로 만든 무인 분무기

휴가를 가야 할 때, 집안 화초와 나무에 물을 주어야 하는데 걱정 스러운 일이 아닐 수 없다. 하지만 빈 우유통만 있으면 걱정하지 않 아도 된다. 물 주기는 빈 우유통이 해결할 것이ㄷ

▶ **필요한 재료**

- 바늘
- 빈 우유통(500㎖ 이상)

✽ **내 손으로 만들기**

첫 번째, 바늘을 불에 달군다.

두 번째, 바늘로 준비한 빈 우유통의 밑과 위 각각 구멍 한 개 씩을 만든다.

세 번째, 우유통에 물을 채워서 화분에 꽂는다.

(뿌리가 물을 흡수할 때, 우유통 속의 물이 흙을 통해 뿌리에 전달된다.)

156

부록1
우리 나라에만 사는 동식물

얼마 전에 진돗개가 세계애견대회에 나가 최우수상을 받았다.

우리 나라에는 이처럼 우리가 사랑하고 잘 보호해야 할

우리 나라에만 사는 동식물들이 많이 있다.

예전에는 흔하게 우리 곁에서 함께 지내고 아무 곳에서나 볼 수 있었던

동식물이 이제는 그 수를 손에 꼽아야 할 정도로 찾아보기 힘들다.

나라에서는 이런 동식물들에게 천연기념물이라고 이름을 붙여 보호하지만

사람들이 함께 동참하지 않으면 이들도 우리 곁에서 사라져버릴 것이다.

이제 우리 곁에서 이름도 없이 피어 있는

들꽃 하나라도 사랑하는 마음으로 동식물을 대해야 한다.

자연과 가까울수록 병은 멀어지고,

자연과 멀수록 병은 가까워진다.

− 괴 테 −

주인에게는 정이 많고 충직한 **삽살개**

귀신이나 액운(살)을 쫓는(삽) 개라는 뜻을 지닌 한국 고유의 특산종으로 일명 '삽사리'라고도 부른다. 수컷은 어깨높이 약 52cm, 몸무게 약 21kg이고, 암컷은 어깨높이 약 49cm, 몸무게 약 18kg이다. 온몸이 긴 털로 덮여 두 눈이 보이지 않으며 주둥이도 비교적 뭉툭하여 해학적인 모습이다.

색깔에 따라 청삽살개와 황삽살개로 구분되는데, 청삽살개는 흑색 바탕에 흰 털이 고루 섞여 흑청색 또는 흑회색을 띠고 황삽살개는 황색 바탕이다. 이 둘은 색깔의 차이 외에는 구별점이 없다. 다른 동물에 비해서 대담하고 강인하나 주인에게는 정이 많고 충직한 것으로 알려져 있다.

경주를 중심으로 한반도의 남
농부 지역에 서식하였으나
일제시대 때 거의 멸종되
었다. 경북대학 하지홍 교수
에 의해 보존, 연구된 경북 경
산시 하양읍 대조리의 삽살개 집
단이 1992년 3월 7일 '경산의

삽살개' 라는 명칭으로 천연기념물 제368호로 지정되었으며, 현재
는 한국삽살개보존회에 의해 보호 · 육성되고 있다.

신라 때에는 주로 귀족사회에서 길러져 오다가 통일신라가 망하
면서 민가로 흘러나와 서민적인 개가 되었다.

2004년 8월 삽살개를 보호, 육성하기 위해 한 국회의원이 삽살
개 관리와 혈통 보존을 위한 사육 조건 개선을 주요 내용으로 하는
'한국삽살개보호육성법안' 을 마련, 국회에 제출할 계획이라고 밝
혀 주목을 받고 있다. 법안에 따르면 삽살개 혈통 보존을 위해 보호
지구를 지정하고, 종합적인 관리 계획을 수립하기 위해 보호 지구
가 속해 있는 해당 지방자치단체에 '삽살개 심의위원회' 를 설치
하도록 했다. 또 삽살개 혈통을 보존하기 위해 종자용 개를 뽑아
사육자에게 필요한 비용을 지급하도록 했으며, 보호 지구 밖으로
종자용 삽살개를 보호 지구 밖으로 내보내는 것을 제한하도록 규
정했다. 또 필요한 경우 차량이나 승객 소지물 검사도 가능하도록
했다.

호랑이도 잡는다는 용맹성으로 유명한 북한 토종견
풍산개

　몸길이 60~65cm, 어깨 높이 55~60cm, 몸무게 20~30kg인 중형견으로, 몸에는 털이 빽빽이 있으며 털색은 흰색인데 연한 잿빛 털이 고르게 섞인 것도 있다. 머리는 둥글고, 아래턱이 약간 나왔으며 코 빛깔은 연주황색 또는 검은색이고, 주둥이는 넓고 짧다. 귀는 삼각형으로 곧게 서며 끝이 앞으로 약간 굽었다.

　꼬리는 말려 있으며 털은 길고 부드럽다. 턱 밑에는 콩알만한 도드리가 있는데 길이 5~10cm의 수염 모양 털이 3개 정도 나 있다. 한 배에 5~8마리의 새끼를 낳으며, 성질은 온순하나 적수와 싸울 때는 몹시 사납다. 경계심이 강하고 영리하며 침착하면서도 동작이 빠르고 용맹하다. 체질이 강인하여 질병과 추위에 잘 견디는 것으로 알려져 있다.

　함경북도 풍산군 풍산면과 안수면 일원에서 길러지던 북한 지방 고유의 사냥개이다. 외형이 진돗개와 닮았으나 체구가 크고 건장한 풍산개는 1942년 조선총독부에 의해 천연기념물 제128호로 지정되었으나 1962년 해제되었다. 8·15광복 후 북한 당국의 적극적인 보호 정책으로 원종이 잘 유지되고 있는 것으로 알려져 있다.

한편 2004년 6월에는 혼자서 풍산개 800마리를 키우며 '풍산개마을'의 꿈을 실현해 나가고 있는 사람이 있어 화제가 되기도 했다. 경기도 안성시 삼죽면 덕산리 계곡장수마을의 모씨는 자신의 집에서 12년째 풍산개를 키워 오고 있는데 5마리로 시작했던 것이 이제 800마리를 넘어섰다는 것이다.

풍산개는 호랑이도 잡는다는 용맹성으로 유명한 북한 토종개이다. 2000년 남북정상회담 때 김대중 대통령이 북한 김정일 국방위원장으로부터 선물로 받아오면서 국내에 본격적으로 알려지기 시작해 현재 전국적으로 수천 마리의 풍산개가 보급돼 있다.

영리하고 깔끔한 명견 진돗개

    천연기념물 제53호로 지정된 한국의 명견이다. 진돗개의 장점은 영리하고 깔끔해서 똥 오줌도 잘 가린다는 것이다. 하지만 야성이 강해서 친화성이 부족해 다른 개들과 어울리지 못하고 잘 싸우는 편이다.

    확실한 유래는 알 수 없으나 석기시대의 사람들이 기르던 개의 후예라고 할 수 있는 개 중에서 나온 동남아시아계의 중간형에 속하는 품종이다. 그 기원에 대해서는 중국 남송의 무역선에 의해 들어왔다는 설과 조선 초기의 군마 목장을 지키기 위해 몽골에서 들여왔다는 설이 있다. 대륙과 격리된 채 비교적 순수한 형질을 그대로 보존하여 오늘의 진돗개가 되었다.

    어깨높이가 60~80cm이며, 털빛깔은 황색과 백색의 2종류가 있고, 횡색형 중 84.6%에 해당하는 개체가 다른 색의 혼모(混毛)를 가지고 있다. 귀는 앞으로 약간 경사져 빳

빳하게 서 있으며, 꼬리는 짧은 편이다. 눈의 홍채색은 털 색깔과 무관하며 황갈색 개체가 91.7%이고, 회색 개체가 8.3%다. 꼬리의 색은 다른 색이지만 48.2%가 선천적 또는 후천적으로 퇴색되어 담홍색이다.

얼굴은 정면에서 보면 거의 팔각형이며, 목은 굵어서 힘이 있고 다부지게 보인다. 네 다리는 강건하고 앞다리는 곧지만 뒷다리는 뒤쪽으로 뻗친다. 등면은 곧고 꼬리에는 털이 많으며, 힘이 있고 생후 3개월이면 꼬리를 감기 시작한다. 1년에 새끼를 두 번 낳으며, 임신 기간 84~87일 만에 한 배에 3~8마리를 낳는다. 감각이 매우 예민하고 용맹스러워서 집도 잘 지키지만 사냥에도 적합하고 쥐 사냥도 잘한다.

현재는 문화재관리법과 한국진도견보호육성법(1967년 1월 16일 공포)에 따라 보호 육성되고 있다. 1995년에는 국제보호육성동물로 공인 지정되었다. 1997년 한국진돗개보호육성법을 2차로 개정해 현재 국가적 차원에서 보호 관리하고 있다.

세계 애견 연맹(FCI)은 한국 대표견인 진돗개를 국제공인견종으로 정식 등록하기로 결정했다. 진돗개는 1995년 한국 애견 연맹을 통해 FCI에 임시 견종으로 등록되었다가, 이번에 세계가 인정하는 국제견의 명예를 안게 되었다. FCI로부터 한국 개가 공인받은 것은 진돗개가 처음이다.

야산에서 서식하는 멧토끼

　해발 고도 500m 이하의 야산에서 서식하는 몸길이 45~49cm, 귀길이 7~9.5cm, 뒷발길이 10.5~13cm, 꼬리길이 6~7cm의 토끼다. 중국산 멧토끼(L. s. sinensis)보다 크고 몸집이 뚱뚱하며, 일본산 멧토끼에 비하여 회색이 짙고 몸의 크기는 약간 작다. 일반적인 형태는 일본산 멧토끼보다 중국산 멧토끼에 가깝다.

　몸의 털은 대체로 회색이며, 털 끝 가운데 특히 허리·꼬리의 붉은 빛을 띤 갈색 부분은 연한 회색을 띤 갈색으로 변한다. 겨울털은 일반적으로 길고 부드럽고 빽빽하게 나 있으나, 여름털은 거칠고 짧다.

　아침과 저녁에 주로 활동하며 먹이는 나무 껍질이나 연한 가지, 풀 등이며, 가을에는 콩밭의 콩을 먹기도 한다. 번식률은 집토끼보다 훨씬 낮아서 1년에 2~3회 새끼를 낳으며, 한 배에 2~4마리를 낳는다. 산림이나 농작물에 해로운 동물이지만 노루와 마찬가지로 그 수가 감소되고 있다. 한국 전 지역에 분포한다.

몸매와 몸 빛깔이 아름다운 민물고기 쉬리

영화 '쉬리'를 통해 널리 알려지게 된 잉어과의 민물고기. 작은 무리를 이루어 바닥 가까이를 헤엄치다가 사람이 나타나면 바위 틈으로 숨는 특징을 지니고 있다.

몸길이 10~15cm이다. 몸매와 몸 빛깔이 아름다운 민물고기로 유명하다. 몸은 가늘고 길며 머리가 뾰족하고 돌고래와 비슷하게 생겼다. 머리와 몸통 모두 옆으로 납작하다. 눈은 머리의 가운데 양쪽 중앙보다 앞에 있고 등쪽으로 치우쳐서 붙는다. 입은 주둥이 끝의 밑에 있고 밑에서 보면 위턱이 원형이다. 아래턱이 위턱보다 짧다. 비늘은 비교적 크고 측선(옆줄)의 비늘 수는 41개이다. 측선은 완전하고 곧게 뻗는다.

등지느러미는 배지느러미보다 약간 앞에 있고 바깥 가장자리는 밖으로 둥글다. 뒷지느러미는 등지느러미보다 뒤에 있고 바깥 가장자리는 둥글다. 가슴지느러미는 가늘고 길며, 아가미 뚜껑 바로 뒤에 하나씩 붙는다. 배지느러미 1쌍은 등지느러미보다 뒤에 붙어 있는데 좀 작고 바깥 가장자리는 둥글다. 꼬리지느러미는 비교적 깊게 갈라지고 위아래 조각의 크기나 모양이 비슷하다.

몸은 등쪽이 검고 머리의 등쪽이 갈색, 배쪽이 청백색이다. 옆구

166

리의 측선 부분에는 넓은 노란 띠가 세로로 있고 그 등의 언저리는 등황색이며 아름다운 등색의 세로띠가 있다. 꼬리지느러미의 위아래 조각에 대칭으로 화살촉 모양의 검은 무늬가 있다. 뒷지느러미에도 등지느러미에서와 같은 검은 무늬가 있다.

강 상류와 중류의 물이 맑고 자갈이 깔린 여울에서 서식한다. 작은 무리를 이루어 바닥 가까이를 헤엄치다가 사람이 나타나면 바위 틈으로 숨는다.

수생곤충이나 작은 동물을 잡아먹는다. 산란기는 5월 초~6월 중순이며 주먹 크기의 돌 밑에 알을 붙인다. 한국 특산어로서 한강 · 금강 · 섬진강 · 낙동강과 동해안의 모든 하천 수계에 분포한다.

산란기에 '구구' 소리를 내는 얼룩동사리

농어목 구굴무치과의 민물고기로 금강과 한강, 백천, 탐진강 등 금강 위쪽의 각 하천에서 서식한다. 동사리와 구별하기 어려우며 심하게 납작하지 않은 점과 무늬가 약간 차이가 있다. 산란기에 '구구' 하는 소리를 내기 때문에 '구구리'라고 부르기도 한다.

몸길이 10～15cm이며 때로는 20cm 이상 되는 것도 있다. 몸은 길고 앞부분은 단면이 거의 원통형이지만 꼬리쪽으로 가면서 옆으로 납작해진다.

머리는 위아래로 납작하지만 동사리처럼 심하지는 않다. 눈은 매우 작고 머리의 가운데보다 앞에서 머리의 등쪽에 치우쳐 있다.

주둥이는 길고, 입이 커서 입 구석이 눈의 앞쪽 끝을 넘으며 아래를 향해 비스듬히 열린다. 아래턱이 위턱보다 길고 입수염은 없다. 아가미 뚜껑에는 가시가 없고 몸통 양쪽에 측선도 없다.

등지느러미는 2개로 제1등지느러미에는 가시가 6, 7개 있으며, 제2등지느러미는 가시가 1개이고 살이 7～10개이다. 앞과 뒤의 등지느러미는 서로 떨어져 있다. 뒷지느러미는 가시가 1개이고 살이 6～8개이며 제2등지느러미보다 작다. 가슴지느러미는 몸의 양쪽 옆면 아가미 뚜껑 바로 뒤에 붙고 배지느러미보다 길며 크고 넓다.

배지느러미는 가시가 1개이고 살이 5개씩이며 가슴지느러미보다 훨씬 작고 서로 떨어져 있어서 흡반을 형성하지 못한다. 꼬리지느러미는 끝이 둥글게 퍼졌다.

몸은 황갈색이지만 대체로 머리와 몸통의 등쪽은 색이 짙고 배쪽은 연하다. 눈의 홍채에는 까만 반점이 흩어져 있다. 가슴지느러미의 기부(origin : 기관 또는 부속기관이 몸통과 연결되는 부위 중 가장 앞쪽 끝 지점)에는 비교적 큰 2개의 검은 반점이 있다. 몸통의 양쪽에는 동사리처럼 3개씩의 가로무늬가 있지만 첫째는 제1등지느러미의 가운데 부분에 걸쳐 있고, 둘째는 제2등지느러미의 뒤쪽에 있으며, 셋째는 꼬리지느러미의 기부에 자리잡고 있다. 첫째와 둘째 무늬는 연한 흰색 세로줄을 경계로 하여 등과 배 쪽으로 갈라진다. 각 지느러미에는 그것들을 가로지르는 까만 반점들이 나란히 박혀 몇 개의 줄을 만들고 있다. 알을 낳을 무렵의 수컷은 더욱 검게 변한다.

산란기는 4월 말~7월 중순이며 가장 알맞은 시기는 5월이고 그때의 수온은 17.5~22.0℃이다. 산란과 부화에 수컷이 함께한다.

특히 수컷은 암컷이 바위에 부착한 알에 지느러미로 부채질하듯 물살을 일으켜 산소 보급을 하여 원활한 부화를 돕는다. 수정된 알은 20℃ 안팎에서 250시간 정도 지나면 부화하고, 부화 후 8일이 지나면 모든 지느러미가 갖추어지며 이때부터 먹이를 먹기 시작한다.

부화하고 만 1년이 지나면 8cm, 2년 뒤 11cm 정도까지 자라며 4년쯤 지나면 20cm를 넘게 자라는 것으로 추정된다.

주로 하천의 중·하류에 걸쳐 물살이 비교적 느린 여울에 분포한다. 낮에는 돌 밑에 숨어 있다가 주로 밤에 활발히 움직인다. 육식성으로 수생곤충이나 물고기, 새우류 등을 잡아먹는다. 식용으로 애용되고 있지만 관상어로도 널리 알려져 있다.

금강 상류에 서식하는 천연기념물 어름치

 충청북도 옥천군 이원면에서부터 금강 상류에 서식하는 어름치는 천연기념물 제238호로 지정되어 있다. 어름치는 1906년 L. S. 베르크가 한강산(漢江産)을 표본으로 발표한 담수어의 1종이며 그 뒤 몇몇 학자들이 한강을 비롯하여 임진강과 금강의 중·상류에 널리 분포되어 있음을 밝혔다.

 언제 종분화(種分化)가 이루어졌는지 밝혀지지 않았으나 한강의 특산종이라고 알려졌던 어름치가 금강에도 분포되어 있다는 사실은 이 두 강이 과거에 서로 연결되어 있었음을 간접적으로 입증한다.

 금강에 서식하는 어름치는 남획과 농약 등의 피해로 점점 그 수가 줄어들고 있는 것으로 알려진다. 산란기인 4월 하순부터 5월 상순에 걸쳐서 산란탑(産卵塔 : 산란 후에 쌓는 잔돌의 탑)을 찾아내어, 그 수로써 보존 실태를 간접적으로 파악할 수 있다.

 한편 2003년 11월에는 강원도 일대에서 친연기념물 어름치를 불법으로 포획해 판매한 모씨가 경찰에 적발되는 일도 발생했다. 이는 아직 국내에 어름치가 적지 않게 서식하고 있음을 알려준 사건이기도 하다.

메기보다 가늘고 긴 민물고기 미유기

　메기과의 민물고기로 물이 맑고 바닥에 자갈이 깔려 있는 하천의 중·상류에 서식한다.

　몸길이는 15~25cm로 메기보다 가늘고 길며 등지느러미가 작고 주둥이 끝이 등쪽에서 보면 직선형이고 아래턱이 튀어나와 있는 것이 특징이다.

　머리는 위아래로 납작하고 넓적하다.

　몸은 원통 모양이며 꼬리쪽은 옆으로 납작하고 길다. 몸높이는 등지느러미가 시작하는 곳 언저리가 가장 높다.

　눈은 작고 머리의 비스듬히 위쪽에 있다. 콧구멍은 앞뒤가 서로 떨어져 있으며 작고, 뒤콧구멍은 양 눈틀의 앞가장자리를 맺는 선보다 약간 뒤쪽으로 있다. 입수염이 2쌍인데 콧구멍 앞과 아래턱에 붙어 있다.

　측선(옆줄)은 완전히 옆구리의 중앙을 곧바로 가고 있으며 그 앞쪽은 위로 향하였고 앞끝은 아가미 뚜껑의 위끝 바로 앞에 있다. 비늘은

없다.

　몸 빛깔은 등쪽이 암청갈색, 배쪽은 황백색이다. 등지느러미의 앞가두리부·꼬리지느러미·뒷지느러미는 몸빛깔과 같지만 뒷지느러미의 바깥가두리부는 넓고 연한 색을 띤다. 배지느러미는 그 기부만이 어두운 색을 띠며 가슴지느러미의 가장자리는 연한 색이고 안쪽은 어두운 색이다.

　육식성으로 수생곤충이나 작은 물고기 등을 잡아먹으며 산란기는 5월경이며 알은 엷은 노란색이다.

4개의 다리와 꼬리가 발달한 파충류 제주도롱뇽

 산지의 습한 곳에서 주로 밤에 활동하는 파충류이다. 몸길이는 수컷 8~12cm, 암컷 7~9cm이다. 몸은 긴 편이며, 머리는 납작하다. 주둥이 끝부분은 둥글고 눈이 튀어나와 있으며, 4개의 다리와 꼬리가 발달하였고, 발가락이 길다.

 빛깔은 대부분 갈색 바탕에 짙은 갈색의 둥근 무늬가 드문드문 나 있다. 피부는 매끄럽다. 수컷은 항문 앞끝에 작은 돌기가 있고, 항문 주위가 부풀어 있으며, 암컷에 비해 뒷다리가 굵다.

 불완전 변태를 하며, 대부분 난생이지만 난태생인 것도 있다. 4~5월에 물이 있는 곳에서 57~125개의 알을 낳으며, 산란한 지 3~4주 뒤에 부화한다. 부화한 유생의 길이는 1~1.5cm이다. 지렁이 · 갑각류 · 수서곤충류를 먹으며, 피부를 만지면 독이 들어 있는 하얀 액체가 나온다.

 분류상 도롱뇽의 아종과 별종 여부로 논란을 되풀이하다가 1997년 별종으로 인정되었다. 도롱뇽은 한국 전역에 분포하지만, 이 종은 제주도와 진도, 거제도 등지에서만 볼 수 있으며, 점차 수가 줄고 있어서 보호가 시급하다.

연체동물로 석회질이 많은 흙을 좋아하는
제주혹달팽이

혹달팽이과의 연체동물로 석회질이 많은 흙을 좋아하고 약간 건조한 흙 바탕의 자갈 사이에서 서식한다. 껍데기 높이 2mm, 지름 5mm이다. 몸은 원뿔형이고, 달팽이 모양으로 작다. 껍데기 표면은 회백색 또는 흰색을 띤 갈색이고, 각정 부분을 빼고는 전체에 성장맥이 촘촘히 많이 나 있다. 나층(螺層 : 나선 모양으로 감겨져 있는 한 층)은 4층으로 평평하고 똬리 모양을 하며 각정부의 1.5층은 적갈색이다. 배꼽 구멍은 커서 각정부가 보이며 봉합(縫合 : 나층과 나층의 경계선)이 깊어 나관이 뚜렷하다.

껍데기 주둥이 부분이 아래로 처지고 껍데기 주둥이 뒤쪽으로 체층과 체층 봉합부 사이에 벌레 모양의 부속 돌기가 붙어 있는데 이것이 큰 특징이다. 또 껍데기 주둥이의 뒤쪽 체층 일부가 부풀어 고리 모양의 둥근 돌기가 있는데 이것도 특징의 하나이다. 주둥이의 뒤끝은 2겹으로 두꺼워서 뒤로 제껴 말려서 나팔 모양이다. 뚜껑은 둥글고 케라틴질로 되어 있으며 밖에서 가운데가 움푹 들어가 있다. 석회질이 많은 흙을 좋아하고 약간 건조한 흙 바탕의 자갈 사이에 서식한다. 제주도 특산종이다

나무 구멍에 둥지를 트는 크낙새

2004년 6월 북한에서 새로운 서식지가 발표되어 화제를 모은 조류이다. 지금까지 개성시에서 크낙새가 서식한 곳은 주로 송악산과 천마산 일대였다. 박연폭포가 있는 박연리의 넓은 산림 지역과 멸악산 줄기가 뻗어 있는 황북 린산군의 백천·지택·수현리, 평산군 월고리 등도 크낙새의 새 서식지로 밝혀졌다.

1945년 무렵까지는 황해도 평산과 금강산 송림사, 개성시 송악산, 경기도 광릉·양평·군포, 충청남도 천안, 경상남도, 부산 등지에 살았으나 6·25전쟁 이후에는 경기도 금곡에서 잡힌 예가 있을 뿐이다. 1974년 경기도 광릉에서 1쌍이 번식한 이래 해마다 번식을 하고 있으며, 둥지를 떠난 새끼들은 다른 곳으로 퍼져 나가고 있으나 실태는 잘 알려져 있지 않다. 일본 쓰시마섬에서는 1920년을 마지막으로 자취를 감추었다.

일명 '골락새'라고도 불리는 딱다구리과 조류로 천연기념물 제197호로 지정되었다. 몸길이는 약 46cm이며 이마와 머리꼭대기·뒷머리는 진홍색이고 등과 멱·윗가슴은 검정색, 나머지 아랫면과 허리는 흰색이다. 아랫배는 검은 잿빛이고 깃가장자리는 흰색이다. 동아시아와 동남아시아의 텃새로서 15개 아종 중에서 가장 북쪽에 분포하고 한국에만 남아 있는 희귀조다. 젓나무·잣나무·소나무·참나무·밤나무 등 고목이 우거진 혼합림에 살면서 나무 구멍에 둥지를 튼다.

　5월~6월 초에 한 배에 3~4개의 알을 낳아 약 14일간 품은 뒤 부화한 새끼를 약 26일간 기른다. 새끼에게는 소나무좀 유충이나 딱정벌레 유충, 개미 알, 개미 유충 따위를 먹인다. 어미는 뽕나무하늘소나 장수하늘소의 유충 외에 층층나무 열매 등 식물성 먹이도 자주 먹는다.

　북한은 1969년 9월 '내각 명령(제19호)'으로 황북 평산·린산군, 황남 봉천군 일대를 크낙새 보호구로 설정하여 크낙새 보호·관리에 주력하고 있으며, 크낙새를 '클락새'라고 부르고 있다.

정원수나 크리스마스트리로 많이 이용하는
구상나무

제주도 한라산의 중턱 이상에 숲을 이루고 있고 전라남도 무등산, 전라북도 덕유산, 경상남도 지리산 등지에도 분포하는 특산식물이다. 산지의 서늘한 숲속에서 잘 자라며 높이는 약 18m에 달한다. 나무껍질은 잿빛을 띤 흰색이며 노목이 되면 껍질이 거칠어진다. 어린 가지는 노란색이나 나중에 갈색이 된다. 겨울눈은 둥근 달걀 모양이고 수지가 있다. 잎은 줄기나 가지에 바퀴 모양으로 돌려나며 줄 모양 바소꼴(바늘보다 약간 넓게 생긴 한방용 바늘을 바소라고 하는데, 대나무 잎과 비슷한 모양)이다. 길이 9~14mm, 나비 2.1~2.4mm이며 겉면은 짙은 녹색, 뒷면은 흰색이다.

5~6월에 솔방울같이 빨강, 노랑, 분홍, 자주 등 다양한 색의 꽃이 피며 암수 한그루이다. 열매는 10월에 익는데 원통형으로 초록빛이나 자

줏빛을 띤 갈색이며, 길이 4~6cm, 지름 2~3cm이다. 종자는 달걀 모양으로 길이 6mm 정도이며 날개가 있다.

솔방울의 빛깔이 푸른 것을 푸른구상, 검은 것을 검은구상, 붉은 것을 붉은구상 등으로 구분한다.

표고 500~2,000m에 자생하며 토양 중 습기가 많고 비옥한 땅에서 잘 자란다.

구상나무 자생지의 환경 조건이 겨울에는 비교적 눈이 많고 여름에는 서늘한 곳인 점을 고려하여 심는다.

반그늘 또는 양지에서 모두 잘 자라지만 석양이 드는 곳에서의 재배는 피하는 것이 좋다. 어릴 때는 약한 그늘을 좋아하지만 자라면서 햇빛을 필요로 한다. 배수가 잘 되는 사질양토에서의 잘 자라며, 내공해성은 약하지만 옮겨 심어도 잘 자라는 편이다.

11~13년이면 열매가 달리며, 재목은 건축재 · 기구재 · 토목재 · 펄프재로 쓰고, 정원수나 크리스마스트리로도 많이 사용된다.

가구재나 건축재로 쓰이는 노란팽나무

강원도 및 함북에서 서식하며 산 중턱에서 자란다. 잎은 어긋 나고 긴 타원형이며 끝이 꼬리처럼 길다. 크기는 길이 5~9cm, 나비 3~7cm로서 밑 부분은 찌그러진 둥근 밑이고 좌우가 대칭되지 않으며 밑동을 제외하고는 톱니가 있다.

잎 표면은 짙은 녹색으로 거칠며 뒷면은 연한 녹색이고 잔털이 있으며 측맥은 3쌍이다.

꽃은 잡성화로 5월에 피며, 열매는 둥글고 등황색,이며 길이 13mm, 나비 10mm 정도이고 먹을 수 있으며, 22~27mm의 과경 끝에 달린다.

양지와 음지를 가리지 않으며 내한성과 내공해성, 내염성 등이 강하고 적응 능력이 뛰어나다.

목재는 가구재나 건축재, 신탄재로 사용되고, 열매는 식용으로 쓰인다.

다양한 용도의 약재로 쓰이는 섬매발톱나무

　'섬매자나무'라고도 하며 제주도 한라산과 같은 해발 고도 1,400m 이상의 높은 산에서 자란다. 높이 1~2m이며 가지가 많고 작은 가지에 홈이 있다. 2년생 가지는 회색 또는 노란빛을 띤 회색이며, 가시가 크고 3개로 갈라진다. 잎은 새 가지에서는 어긋 나며 짧은 가지에서는 모여 나는 것처럼 보인다.

　꽃은 5~6월에 노란색으로 피며, 짧은 가지 끝에 10~20송이가 총상꽃차례(중심축에 꽃대가 있고, 무리져 피는 하나하나의 꽃이 짧은 꽃자루에 달려 있는 것)로 달린다. 꽃차례는 길이 2~3cm로 짧고 아래로 반쯤 처져 있다. 꽃잎은 6장이며 끝이 오목하게 들어가 있다. 꽃받침 조각은 6개로 밑부분에 2~3개의 작은 포(苞)가 있다. 수술은 6개이고 암술은 1개이다.

　열매는 장과로 지름 1cm 정도의 긴 타원형이다. 9월에 붉게 익으며 잎이 떨어진 뒤에도 겨울까지 달려 있어 조경수로 많이 심는다. 잎과 가지는 염료 및 약재로 쓴다. 본종인 매발톱나무에 비해 잎이 작고 털 모양의 톱니가 있는 것이 특징이다.

반그늘에서 잘 적응하며 재배가 쉽다. 내염성, 내공해성이 강하지 못하므로 심을 때 잘 골라서 심어야 한다. 햇빛이 잘 들고, 물빠짐이 좋고 비옥한 토양에서 자생한다.

조경수로 심고 있다. 약용으로서 뿌리, 뿌리껍질, 줄기, 줄기껍질을 위장염, 세균성 이질, 장티브스, 소화불량, 황달, 간경화 복수, 비뇨계 감염, 급성신염, 편도선염, 구강염, 폐염, 기관지염, 결막염, 자궁출혈, 임파결핵, 타박상 등에 쓰인다.

꽃과 단풍이 아름다운 히어리

'송광납판화'라고 부르기도 하는 전남 지리산, 수원 광교산 및 경기도 백운산에 분포하고 있는 식물이다. 높이 1~2m이고 작은가지는 황갈색 또는 암갈색이며 피목(皮目)이 밀생한다. 겨울눈은 2개의 눈비늘로 싸여 있다. 잎은 어긋 나고 달걀 모양의 원형이며 밑은 심장형이다.

꽃은 4월에 피고 연한 황록색이며 8~12개의 꽃이 총상꽃차례로 달린다. 꽃이삭은 길이 3~4cm이지만 꽃이 핀 다음 7~8cm로 자란다.

밑에 달린 포는 달걀 모양으로 막질(膜質 : 얇은 종이처럼 반투명한 것)이고, 양면에 긴 털이 있으며, 그 윗부분에서 긴 털로 덮인 잎이 나온다. 꽃에 달린 포는 안쪽과 가장자리에 털이 밀생한다.

꽃받침은 5개로 갈라지고 털이 없으며 꽃잎은 달걀을 거꾸로 세운 모양이다. 수술은 5개, 암술대는 2개이다.

열매는 9월에 결실하며 2개로 갈라지고 종자는 검다. 잎은 가을에 황색으로 된다.

산 기슭, 산 중턱에서 자라며 철쭉, 진달래, 참싸리, 팥배나무, 신갈나무와 함께 자라고 양지에서 잘 자란다. 햇빛이 50% 정도 차광되고 비옥하며 배수가 잘 되는 토양에서 자란다. 내한성이 강해서 영하 30℃ 이하에서도 얼지 않으며, 꽃과 단풍이 아름답기 때문에 공원용수나 정원수로 이용하는 등 관상용으로 이용하거나 땔감으로 이용하기도 한다.

거문도 및 거제도에서 자라는 **거제딸기**

해변 산 기슭에서 자란다. 잎은 어긋 나고 둥글며 3갈래로 얕게 갈라진다. 갈라진 조각은 달걀 모양이며, 끝은 뾰족하고, 밑은 일자 모양이다. 뒷면의 맥 위에 털이 있고 가장자리에 겹톱니가 있다. 잎자루는 길고 잔털과 잔가시가 있다.

꽃은 4월에 흰색으로 피며 잎겨드랑이에 1개씩 달린다. 꽃받침 조각은 바소꼴이며 짧다. 꽃자루는 길이 1cm 정도이고 털이 빽빽하다.

열매는 둥글고 6월에 노란색으로 익는데 먹을 수 있다.

전체적인 생김새는 맥도딸기와 비슷하나 잎자루에 잔털과 잔가시가 있고 꽃받침조각이 짧은 것이 특징이다.

내한성과 내건성이 강한 개느삼

　일명 '개미풀' '개고삼' '느삼나무'라고도 부르는 강원도 양구 이북 지방, 평안남도, 함경남도 등지에 서식하는 식물이다. 길가에서 자라며 높이가 약 1m이다. 땅속줄기로 번식하고 가지는 어두운 갈색이며 털이 난다. 잎은 어긋 나고 홀수깃꼴겹잎이며, 작은잎은 13~27개로 길이 4~6cm이고 긴 타원형이다.

　5월에 노란색 꽃이 총상꽃차례로 피며 꽃차례는 길이 3~5cm이며 새가지 끝에서 나와 지름 15mm 정도의 꽃이 달린다. 작은 포는 바소꼴이고 검은빛이 돌며 털이 있다. 꽃받침은 5개로 갈라지고 뒤쪽의 2개가 약간 작다. 수술은 10개로 길이 12mm이다. 씨방에는 털이 많고 6~7개의 밑씨가 들어 있다. 열매는 협과로 길이 약 7cm이며 7~9월에 익는다.

　햇빛이 잘 드는 양지에서 잘 자라며 흙은 물이 잘 빠지는 사질양토에서 무리를 이루어 자란다. 척박한 땅에서도 잘 자라나 적절한 시비 관리는 생육 상태를 좋게 한다. 내한성과 내건성이 강하다. 주로 관상용으로 심지만 척박한 경사지에 심거나 깎아내린 언덕에 녹화용으로도 심을 수 있다.

수분이 있는 곳에서 잘 자라는 미선나무

볕이 잘 드는 산 기슭에서 자란다. 높이는 1m에 달하고, 가지는 끝이 처지며 자줏빛이 돌고, 어린 가지는 네모진다. 잎은 마주 나고 2줄로 배열하며 달걀 모양 또는 타원 모양의 달걀형이고, 길이가 3~8cm, 폭이 5~30mm이며 끝이 뾰족하고 밑 부분이 둥글며 가장자리가 밋밋하다. 잎자루는 길이가 2~5mm이다.

꽃은 지난해에 형성되었다가 3월에 잎보다 먼저 흰색 또는 연분홍색으로 피고 총상꽃차례를 이루며 달린다. 꽃받침은 종 모양의 사각형이고 길이가 3~3.5mm이며 4개로 갈라지고, 갈라진 조각은 달걀을 거꾸로 세운 모양 또는 달걀 모양의 원형이다. 화관은 꽃받침보다 길고 4개로 갈라진다. 수술은 2개이다.

열매는 시과이고 둥근 타원 모양이며, 길이가 25mm이고 끝이 오목하며 둘레에 날개가 있고 2개의 종자가 들어 있다. 종자와 꺾꽂이로 번식한다.

한국 특산종으로 충청북도 괴산군과 전라북도 부안군에서 자란다. 흰색 꽃이 피는 것이 기본종이다. 분홍색 꽃이 피는 것을 분홍미선, 상아색 꽃이 피는 것을 상아미선, 꽃받침이 연한 녹색인 것을 푸른미선, 열매 끝이 패지 않고 둥글게 피는 것을 둥근미선이라고 한다. 미선나무의 자생지는 천연기념물로 지정되어 보호받고 있다.

  햇빛이 잘 드는 곳에서 재배하며 토양은 항시 수분이 있는 곳에서 잘 자라며 부식질이 풍부한 비옥토가 좋다. 건조한 곳에서는 생장이 좋지 않다. 미선나무는 암석지에 잘 나는 특성을 가지고 있다. 내한성은 개나리만큼 강하고 내음성과 내공해성은 보통이며 내조성이 약하다.

  꽃에 향기가 있어 어느 곳에 심어도 좋지만 조경용수나 개나리의 대체수종, 공원, 생울타리 조성용, 경계용수로 심어도 좋다.

개나리보다 내한성이 강한 만리화

경상북도 · 강원도(설악산) · 황해도 등의 산골짜기에서 자란다. 높이 1 1.5m이다. 가지는 잿빛이고 피목이 있다. 잎은 마주 나고 넓은 달걀 모양이며 윤이 나고 가지 밑에 털이 난다. 길이 5~7cm, 나비 4~6cm이다.

꽃은 3~4월에 잎겨드랑이에 1개씩 달리는데, 길이 1.5~2cm, 지름 3cm 정도이고 밝은 노란색이다. 작은꽃자루는 길이 약 6mm이다. 화관은 4개로서 좁고 깊게 갈라진다. 화관 조각은 긴 타원형이며 끝이 패어 들어간다. 수술은 2개이며 암술보다 짧다. 열매는 달걀 모양이고 길이 1cm, 지름 5mm 정도로 9~10월에 익는다. 개나리와 비슷하지만 잎이 넓은 달걀 모양으로 갈라지지 않고, 가장자리에 톱니가 있거나 거의 없는 것이 다르다. 또한 개나리보다 내한성이 강하며 양지를 좋아하지만 반음지에서도 잘 자라는 중생식생으로 습기를 약간 머금고 있는 토양을 좋아한다.

바닷가나 서울 같은 대기 오염이 심한 지역에서도 꽃이 잘 피고 열매가 잘 열린다. 생울타리로 심거나 관상용으로 이용한다.

울릉도에서 자라는 특산식물 섬댕강나무

바위틈에서 자라는 섬댕강나무는 울릉도에만 있은 희귀식물이다. 높이는 1m 정도이며 줄기에 6개의 홈이 파지고 가지는 붉은빛이 돌며 털이 없다. 잎은 마주 나며 달걀 모양·타원형 또는 달걀을 거꾸로 세운 모양으로 양 끝이 빠르고 털이 없으며 윗부분에 몇 개의 톱니가 있다. 잎자루는 길이 4~6mm이며 마주 난 잎자루 밑은 서로 합쳐져서 원줄기를 감싼다.

꽃은 5~6월에 피며 연한 황색이고, 꽃줄기 끝에 2개씩 달리며 털이 없다. 꽃자루는 짧다. 꽃줄기는 길이 3~4mm이며, 작은꽃줄기와 더불어 털이 없다. 꽃받침 조각은 4~5개, 화관은 길이 5~7mm이며 끝이 5개로 갈라진다. 씨방은 하위이고, 열매는 둥글며, 9월에 익는다.

암반이 많은 바위 틈이나 골짜기의 햇빛이 많이 쪼이는 지역에서 자란다. 특히 댕강나무속이 자라는 곳은 거의 석회암 지대이며 매우 건조한 곳에서도 잘 견딘다.

정원수나 관상용으로 심고 새 잎과 순은 나물로 먹는다.

바닷가나 도심지에서는 적응하지 못하는 좀고채목

높은 산 꼭대기에서 자라는 나무로 제주도 · 경상남도(지리산)에서 자란다. 사스래나무의 한 품종으로 높이는 7~8m이다. 나무껍질은 회색빛을 띤 갈색이며 종이처럼 얇게 벗겨진다. 작은 가지는 어두운 갈색으로 털이 있으나 자라면서 점차 없어지고 피목(皮目)이 있다.

잎은 어긋나고 길이 1~2.5cm의 달걀 모양이며 끝이 점차 뾰족해진다. 표면에 털이 없고, 뒷면 맥 위에만 털이 있으며, 가장자리에 불규칙한 톱니가 있다. 꽃은 암수 한 그루로 5월에 핀다. 수꽃이삭은 원통 모양이며 아래로 처지고, 암꽃이삭은 긴 타원형이며 곧게 선다. 열매는 작은 견과로 달걀 모양 또는 넓은 달걀 모양이다. 10월에 익으며 열매이삭은 길이 2~3cm의 타원형이며 곧게 선다.

고산성 수종으로 추위에 강하며 대기 습도가 높은 곳에서는 토양이 건조해도 잘 자라고 바닷가나 도심지에서는 잘 적응하지 못한다.

목재는 재질이 우수하여 기구재, 건축재, 가구재, 조각재로 사용하는데, 약간 높은 산지의 조림수종으로도 적합하다.

환경부가 정한 특정 야생 동식물 중 하나인 백양꽃

'가재무릇'이라고도 불리는 이 꽃은 백양산, 내장산 입구, 조계산, 거제도 등 남부 지방에 분포한다. 산지에서 자라는데 비늘줄기는 달걀 모양이며 길이 30~37mm, 지름 27~35mm로서 겉이 검은빛을 띤 갈색이다. 잎은 비늘줄기 끝에 모여 나고 줄 모양이며, 길이 50~56cm, 나비 10~12mm이다. 빛깔은 녹색이며 잎이 떨어진 다음 꽃자루가 9월에 나와서 30cm 안팎으로 자란다.

꽃자루는 납작한 원기둥 모양이며 밑 부분은 붉은 갈색이지만 위로 올라갈수록 녹색이 되기도 한다. 꽃은 9월에 4~6개가 산형 꽃차례로 달리고 작은꽃자루는 녹색이 섞인 갈색으로서 길이 약 20mm이다. 포는 바소꼴이고 2개이며 자줏빛이고 길이 약 3cm로서 뒤로 젖혀진다. 화피는 6개이고 붉은 벽돌색의 줄 모양이며 길이 46~52mm, 나비 7~9mm이고 비스듬히 퍼진다. 수술은 화피보다 길고 씨방은 갈색이 섞인 녹색이며 희미한 줄이 있다. 계곡의 습윤하고 부식질이 많으며 반그늘 상태인 곳에 많이 생육한다.

독을 없앤 비늘줄기를 먹거나 붉은색 꽃이 관상 가치가 높아 절화용으로 좋으며 낙엽성 교목의 하부의 지피용은 물론 화단 등에 무리지어 심어도 좋다.

관상용으로 심어 가꿀 수 있는 노랑무늬붓꽃

　오대산, 대관령, 태백산과 경상북도 팔공산의 산지에 분포하는 분포 범위와 개체군이 작은 희소한 식물이다. 노랑붓꽃에 비해 꽃은 흰 바탕에 노랑 무늬가 있고 잎은 약간 넓다. 뿌리줄기는 옆으로 뻗고, 수염뿌리는 황백색이며, 높이는 9~13cm이다. 4~5월에 백색의 꽃이 피고 꽃줄기 끝에 3개의 포가 2개의 꽃을 싸며 포는 바소꼴이며 꽃의 지름은 3~4cm이다. 암술대는 3개로 갈라져 선상의 꽃잎 모양을 하고 있다.

　6~8월에 열매가 익는데 열매는 세모지고 길다. 번식은 열매와 포기 나누기로 잘 된다. 관상용으로 심어 가꿀 수 있는 좋은 꽃식물이다.

멸종 위기에 놓여 200여 그루 이식한 한라장구채

제주도 한라산 정상 근처에 분포하는 식물로 높은 산에서 자란다. 제주 지역에서만 자생하는 한라장구채는 현재 백록담 서북벽 경사지에 5그루만이 확인되는 등 멸종 위기에 놓인 상태다.

이에 따라 2004년 8월 제주도는 한라산국립공원 관리사무소, 환경단체 등과 공동으로 고산 희귀식물인 '한라장구채'의 자생지 복원을 위해 한라산 백록담에 한라장구채 200여 그루를 이식했다.

심겨진 한라장구채는 씨앗 파종과 조지 배양 등을 거쳐 인공적으로 길러진 2~3년생이다.

뿌리는 양 끝이 뾰족한 원기둥 모양이고, 줄기는 모여 나며 곧게 서서 높이가 10cm 내외까지 자란다. 뿌리에서 나온 잎은 모여 나고 줄기에서 나온 잎은 마주 난다. 잎자루가 없고 바소꼴이며 잎 밑이 좁고 끝이 날카롭다.

꽃은 흰색으로 6~8월에 줄기 위에서 나거나 잎겨드랑이에서 난다. 꽃은 그 수가

적으며 꽃자루는 짧다. 꽃받침은 원통형이고 길이는 6cm 정도이며 끝이 5개로 갈라진다. 꽃잎은 5조각이고 꽃받침보다 짧다. 수술은 10개이고, 암술대는 3개이다.

열매는 작고 긴 타원형이며 흰장구채에 비하여 소형이다. 원예용으로 쓰인다.

노란색 꽃이 앙증맞은 매미꽃

지리산 이남의 산지에 분포하는 식물이다. 높이 20~40cm이다. 굵고 짧은 뿌리줄기에서 잎이 뭉쳐 난다. 자르면 피 같은 즙이 나온다. 뿌리에 달린 잎은 잎자루가 길고 3~7개의 작은잎으로 된 깃꼴겹잎이다. 작은잎은 타원형, 달걀 모양 또는 달걀을 거꾸로 세워놓은 모양 등이며, 가장자리에 날카로운 톱니나 깊이 패어 들어간 흔적이 있고 털이 난다.

꽃은 6~7월에 피고 노란색이며 앙증맞게 귀엽다. 꽃자루 끝에 1개 또는 여러 개씩 달린다. 포는 바소꼴이고 꽃받침 조각은 달걀 모양의 타원형이며 2개이다. 둥근 모양의 꽃잎은 4개이며 수술은 많다. 열매는 삭과로 길이 3cm 정도이며 좁은 원기둥 모양이고 끝에 긴 부리가 있다. 종자는 둥근 모양이며 노란빛을 띤 갈색이다.

깊은 계곡의 낙엽수림 아랫 부분에 주로 자란다. 반그늘 및 양지 조건으로 부엽이 두껍게 쌓여 토양 비옥도가 높고 보습성 및 배수성이 좋은 곳에서 잘 자란다.

강한 독을 지니고 있는 두메대극

이름이 특이한 이 식물은 한라산 정상 근처에 분포하는 식물이다. 여러해살이풀로서 굵은 뿌리의 맨 끝에서 모여 나며 꼬부라진 잔털이 있다. 줄기는 뭉쳐 나고 매우 작아서 높이 10~15cm이며, 때때로 가지를 치고 가는 털이 난다. 잎은 어긋 나고 달걀 모양 타원형 또는 긴 타원형으로 길이 5~20mm, 나비 3~10mm이다. 잎자루가 짧으며 가장자리에 톱니가 없다. 줄기 끝에 3~4개의 잎이 돌려 나고 가지가 우산 모양으로 갈라진다. 6~7월에 황록색 꽃이 피며 포와 작은 총포가 있다.

포는 4~5개가 돌려붙고 달걀 모양 또는 타원형이며 길이 7~15mm, 나비 4~9mm이고 3~5개의 꽃대가 우산 모양으로 갈라진다. 작은총포는 합생하여 단지처럼 되고 그 속에 1개의 수술로 된 몇 개의 수꽃과 1개의 암술로 된 1개의 암꽃이 있으며, 4개의 포(苞)조각 밑에 털이 있다. 씨방은 둥글고 2개로 갈라지며 3개의 암술머리가 있다. 열매는 혹 모양의 돌기가 있다. 매우 강한 독을 지니고 있다.

깊은 산 나무 밑에서 자라는 금강제비꽃

　금강산 · 오대산 · 평안북도 등지에 서식하는 식물로 숲속에서 자란다. 땅속줄기는 굵고 옆으로 길게 뻗으며 꾸불꾸불하다. 잎은 뿌리줄기에서 뭉쳐나며 원줄기가 없고 심장형으로 잎자루와 더불어 길이 6.5~10cm, 나비 6~11cm로 끝이 점점 뾰족해진다. 표면은 녹색이고 털이 있으며 뒷면은 연하고 털이 있다. 잎자루에 털이 있고 길이 8~21cm로 위쪽에 자줏빛의 반점이 있다.

　꽃은 6~7월에 자줏빛으로 피며, 꽃대는 가운데에 2개의 포(苞)가 있다. 꽃받침은 털이 없고 과실은 삭과(蒴果 : 건과(乾果)로 갈라져 벌어지는 열매. 2장 이상의 심피가 성숙하면 열매의 껍질이 말라서 심피의 경계 또는 등 부분이 세로로 갈라져 종자를 퍼뜨린다)이고, 길이 13mm이며 자줏빛 무늬가 있다. 고깔제비꽃과 비슷하지만 꽃이 폐쇄화이고 땅속줄기가 있는 것이 다르다.

높은 산 노출된 메마른 풀밭세서 자라는 등대시호

　강원도 · 평안북도 · 함경남도 · 함경북도 등 고산지대나 깊은 산 속 초원에서 자란다. 높이는 30cm 정도이며 전체에 털이 없고 줄기는 곧게 서며 가지를 친다. 잎은 어긋 나고 잎자루는 없으며 달걀 모양의 바소꼴로 밑쪽이 조금 줄기를 싸고 끝이 뾰족하다.

　7~8월에 노란색 꽃이 가지 끝에 피고, 열매는 타원형으로 길이 3mm 정도이고, 9~10월에 익는다. 여름철의 더위에 매우 약하므로 양지성 식물이나 재배할 때에는 바람이 잘 통하는 반그늘에서 재배해야 한다. 토양은 물빠짐이 잘 되는 사질토양이 좋으며 습기에 약하다. 시비작업은 특별히 필요하지 않으며 부적절한 시비는 식물체를 말라 죽인다.

　초물분재 등으로 이용이 가능하며 희귀한 식물이므로 식물전시회 등에 전시용으로 이용할 수 있다. 뿌리를 말린 것을 시호(柴胡)라 하며 이것은 해열, 진정 및 진통, 소염작용, 항병원체 작용 등이 있다. 자생지가 극히 제한되어 있고 개체 수가 드문 식물이므로 자생지의 철저한 보호 방안이 반드시 필요하다.

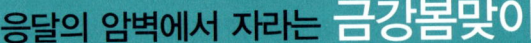

응달의 암벽에서 자라는 금강봄맞이

중부 지방과 설악산, 금강산에서 서식하는 이 식물은 높이가 8cm로 주로 응달의 암벽 틈에서 자란다. 뿌리줄기는 짧고 끝에 분해된 잎자루의 섬유가 남아 있으며, 잎은 뿌리에서 뭉쳐 나고 둥근 신장형이다. 갈래조각은 중앙까지 3개로 갈라지기도 하며 톱니가 있거나 또는 밋밋하다. 표면은 녹색, 뒷면은 연하거나 흰빛이 돈다.

꽃은 6월에 백색으로 피고, 길이 7~12cm이다. 꽃받침은 통 모양이고 끝이 5개로 갈라진다.

높은 산에서 자라는 금강초롱꽃

경기도 · 강원도 · 함경남도 등지의 높은 산에서 자라는 식물로 높이가 30~90cm이며, 뿌리는 굵고 갈라진다. 잎은 줄기 중간에서 4~6개가 어긋나고 윗부분의 것은 마디 사이가 좁아서 뭉쳐 난 것 같이 보인다. 잎자루가 길고 긴 달걀 모양 타원형이며 끝이 뾰족하고 밑은 뭉툭하거나 둥글며 가장자리에 불규칙한 톱니가 있다.

꽃은 8~9월에 자주색 종(鐘) 모양으로 피며, 줄기 위에 1~2개가 붙거나 또는 짧은 가지 끝에 붙으며 원추꽃차례를 이룬다. 꽃받침조각은 5개이고 좁은 바소꼴이다. 수술은 5개이고 수술대의 밑부분이 넓으며 가장자리에 털이 있다.

열매는 9~10월에 익는다. 꽃의 관상 가치가 매우 높고, 꽃 피는 기간이 길게 지속되므로 관상식물로 적합하며 낙엽수림 아랫 부분의 지피식물로 좋다.

국립환경연구원은 지난 2003년 설악산 황철봉 일대에서 금강초롱꽃이 서식하고 있는 것을 관찰하였다.

제주도 한라산에 서식하는 **구름떡쑥**

　일명 '마리향청' 또는 '구름산괴쑥'이라고도 부른다. 높은 산의 건조한 풀밭에서 자라며 높이가 5~20cm로, 뿌리줄기는 옆으로 벋으며 끝이 비늘조각 같은 잎으로 덮여 있다. 줄기는 뿌리줄기에서 뭉쳐 나고 솜털로 덮여 있으며 끝까지 잎이 빽빽이 난다. 가운데 잎은 거꾸로 세운 바소꼴이며 끝이 둔하고 길이가 1.5~2cm, 나비 3~7mm로 밑으로 갈수록 좁아진다. 잎 앞면은 녹색이고 솜털이 있으며, 뒷면은 솜털이 빽빽이 나서 잿빛을 띤 흰색이다.

　8~9월에 연한 노란색 꽃이 피며 줄기 끝에 두상화가 1개 또는 여러 개씩 모여 산방꽃차례를 이룬다. 관상용으로 이용하거나 풀 전체를 거담·건위·지혈 등 약용으로 사용할 수 있다.

부록2
주요 환경기구 및 단체

우리를 둘러싸고 있는 환경 속에서 우리는 마음껏 행복을 누리며 살아왔다.

이제 그 환경들이 반기를 들고 우리를 향해 도움의 손길을 뻗치고 있다.

우리는 그 손길을 외면한 채 좀더 편하게 좀더 쉽게를 외치며

환경을 파괴하고 있는 것이다.

지구를 우리 마음대로 할 권리가 있을까. 우리는 이 지구를

모든 생물들이 함께 즐겁게 살 수 있도록 보호할 책임이 있을 뿐이다.

이제 지구를 더 이상 병들지 않게 하기 위해 전 세계적으로

환경을 보호하는 기구와 단체들이 늘어나고 있다.

이런 환경 단체가 할 일이 없어질 때까지 지구 살리기에 힘을 쏟아야 한다.

자연이 아니면

몸 안의 질병을 결코 이겨낼 수 없다.

– 히포크라테스 –

United Nations Environment Program:UNEP

국제연합환경계획(UNEP)은 UN 내의 환경전담 국제정부간 기구로 1972년 설립되었다. 스톡홀름에서 열린 '인간환경회의'에서 세계 정상들은 지구 환경 문제를 다루기 위한 UN 전문기구를 만들어야 한다는데 합의해, 6월 5일을 세계 환경의 날로 정하고 UNEP의 활동을 시작하였다. 스톡홀름 회의에서 채택된 환경 프로그램들을 실행, 조정하기 위해 우선 총회에서 선출된 58개국 대표로 이루어진 집행위원회를 조직하고, 국제협력을 증진시키고 UN 조직 내에서 환경 프로그램에 대한 일반적인 정책 조정 역할을 하며, 프로그램의 이행과 세계의 상황을 재점검하는 역할을 하고 있다.

UNEP는 UN 조직 내에서 환경과 관련되어 진행되는 모든 활동을 총괄하는 기구이다. 나이로비에 있는 사무국은 이러한 계획을 실행하고 조정하는 역할을 하며, UN 총회에서 이 기구를 따로 명명하지 않았기 때문에 이 기구는 그대로 'UNEP'로 알려지게 되었다.

Infoterra Programme Activity Centre:INFOTERA

　1972년 스톡홀름 회의는 환경자료교환을 위한 국제적 체계의 필요성을 요구하였고, 이에 따라 UNEP는 국제조회시스템(IRS : International Referral System)을 마련하였다. 이것은 후에 지구환경감시센터로 불려지게 되었으며, 세계적으로 각 국가와 단체 그리고 환경전문가들을 연결하는 가장 큰 환경정보 시스템으로서 149개 국가와 6,500개 이상의 단체를 포괄하고 있다. 세계 곳곳에서 매년 약 21,500가지 이상의 환경 관련 전 분야에 걸친 문의가 들어오고, 이에 답하기 위해 지구환경감시센터는 지구환경감시시스템, 지구자원정보자료실, 잠재적 유독화학물질 국제감시단 및 UNEP 산업과 환경 프로그램센터를 포함하는 방대한 중앙 네트워크를 구축하여 왔다.

세계야생생물보호기금

World Wide Fund for Nature:WWF

　본부를 스위스의 그란에 둔 세계 최대의 민간 자연보호단체이다. 1961년 설립되어 현재 28개의 각국 위원회, 공식 협력단체로 구성되어 있다. 인간과 자연의 공존을 궁극적인 목적으로 하고 기부금을 모아 세계 130개 국 이상에서 자연보호 프로젝트를 전개하고 있다.

　생물의 다양성 보전, 자원의 지속적 이용 추진, 환경 오염과 자원, 에너지의 낭비 방지를 3대 사명으로 삼고 있다.

국제자연보호연맹

International Union for Conservation of Nature and Natural Resources:IUCN

자연보호 및 천연자원 보전을 목적으로 1948년에 설립되었고 조사 연구, 개발 활동, 계획 책정, 정책 제언을 행하는 국제적 기구이다. 본부는 스위스의 그란에 있다. 76국, 104개 정부조직, 720개 민간단체가 가입되어 있으며, 6개의 위원회와 네트워크에는 생태학, 법률, 교육, 회계학 등의 전문가 3천 명 이상이 참가하고 있다.

자원과 자연의 관리 및 동식물 멸종 방지를 위한 국제간의 협력 증진을 도모하며, 야생동물과 야생식물의 서식지나 자생지 또는 학술적 연구 대상이 되는 자연을 보호하기 위해 자연보호 전략을 마련하여 회원국에 배포하고 있다.

세계환경보전 모니터링 센터

World Conservation Monitoring Center:WCMC

　세계보호연맹(WCU), 유엔환경계획(UNEP), 세계야생생물보호기금(WWF) 세 기구가 세계의 생태환경보전을 위해 공동으로 설립한 국제기구이다. 지구 생물자원의 보호에 관한 각종 정보와 자료를 분석, 편집, 제공하는 비영리, 비정부 단체이다.

WORLD CONSERVATION
MONITORING CENTRE

Earthday Network

　근대 환경운동의 시작이 된 '지구의 날'을 계기로 탄생한 지구의 날 네트워크는 184개 국의 5000개 단체가 연합하여 만든 단체로 건강하고 평화롭고 지속 가능한 환경을 만드는 것을 목표로 하고 있다.

　환경적 문제에 대해 교육과 홍보를 통해 시민들의 인식을 높이는 활동을 하고 있다.

시에라 클럽

Sierra Club

미국에서 발생한 세계적 민간 환경운동 단체이자 1892년 설립된 가장 오래된 환경운동 단체이다.

1972년에 국제적 조직으로 발전하였다. 미국 그랜드캐니언 댐 건설 저지로 유명해졌으며 북아메리카 지역뿐만 아니라 전세계의 환경을 보전하기 위해 공공정책 결정, 입법, 행정, 사법, 선거 등을 통한 활동으로 영향력을 발휘하고 있다.

미국의 국립공원 및 자연보존 지역의 지정과 보호 운동을 활발히 벌여왔고, 야생 지역의 보호, 지구 생태계 및 자원의 책임 있는 이용 등을 위해 활동한다. 또 일반인들에게 환경 문제에 관한 교육을 한다.

Friends of the Earth International

네덜란드 암스테르담에 본부를 둔 '지구의 벗'은 전 세계 100만 명 이상의 회원을 가진 국제적인 환경단체로, 그린피스(Greenpeace International)와 세계자연보호기금(World Wide Life Fund for Nature)과 함께 세계적으로 영향력이 큰 3대 환경 단체이다.

전 세계 5,000여 시민·환경 단체들과 연대 활동을 펼치고 있는 '지구의 벗'은 지구 온난화, 사막화, 오존층 파괴, 정부예산 감시 활동으로 전 지구적 환경 문제에 커다란 영향력을 행사하고 있다.

ENVIRONMENTAL ESSAY

그린피스

Greenpeace

1971년 캐나다 밴쿠버 항구에 12명의 환경보호 운동가들이 모여 결성한 국제적인 환경보호 단체이다. 프랑스 핵실험을 반대하기 위하여 발족하였으나, 그후 원자력 발전 반대, 방사성 폐기물 해양투기 저지운동 등 폭넓은 활동을 통해 전세계적인 단체가 되었다.

주로 기후, 유독성 물질, 핵, 해양, 유전공학, 해양투기, 산림 등의 부분에서 적극적으로 활동하고 있으며, 2002년 현재 전세계 39개국에 43개 지부가 있다. 본부는 네덜란드 암스테르담에 있다.

1994년 4월 그린피스 환경조사팀이 한국의 자연보호 실태를 알아보기 위해 그린피스호 편으로 한국을 방문한 적이 있으며, 국제 그린피스는 인터넷을 통해 한국에 소식을 보내오고 있다.

지구환경기금

Global Environment Facility

   개발도상국의 환경 분야 투자 및 관련 기술개발을 지원하기 위해 1990년 10월에 설립된 단체이다. 국제연합개발계획(UNDP), 국제연합환경계획(UNEP), 세계은행 등이 공동으로 관장하고 있다. 한국은 1994년 5월 11일 가입하였다.

   지구환경기금은 현재 생물 다양성 보존협약, 기후변화협약의 임시 재정기구의 역할을 하고 있지만 앞으로 각종 환경협약의 통합 기금 역할을 수행하며 지구 환경보전 사업과 관련된 핵심적 기구로 자리잡을 전망이다.

ENVIRONMENTAL ESSAY

환경관리공단

Enviromental Management Corporation

　환경오염 방지사업 및 환경 개선 사업을 효율적으로 수행하기 위하여 설립된 환경부 산하기관이다.

　1987년 발족해 환경관리공단법에 의거하여 쾌적한 삶을 유지하고 깨끗한 자연환경 보전을 위하여 환경오염 방지사업 및 환경 개선 사업을 수행하고 있다. 공업단지 폐수종말 처리시설과 쓰레기 매립시설, 산업폐기물 처리시설 등 폐기물 처리시설을 설치·운영하고 분뇨 및 쓰레기 처리시설을 수탁 관리하고 있다.

　그 밖에도 국가, 지방자치단체가 위탁하는 환경기초시설을 관리하고, 기금을 관리하며 오염방지 시설에 대한 융자 지원, 오염방지 시설 개발설계, 시공감리 및 기술 지원, 환경오염 방지를 위한 대국민 홍보 능을 하고 있다.

환경보전협회

Korea Environmental Preservation
Association

1978년 설립한 법정법인 단체이다.

환경오염 및 배출업체, 방지시설업 및 환경관련 업체 등의 법인
업체를 회원사로 하고 있다. 회원사 환경시설 진단 및 기술지도, 배
출업체 환경관리인 법정교육, 환경관련 법령 및 제도에 대한 조사
연구와 개선건의, 국가 및 지방자치단체의 위탁업무, 국제환경기
술전(ENVEX) 주관, 홍보교육관 설치운영 및 홍보자료 보급, 환경
보전을 위한 국제협력업무 등을 주업무로 하며 정기간행물로 월간
〈환경보전〉을 발행하고 있다.

ENVIRONMENTAL ESSAY

환경운동연합

Korean Federation For Environmental Movement

환경운동연합은 공해추방운동연합이 중심이 되어 지역환경단체가 참여하여 결성된 단체다.

환경련은 환경을 인간과 유기적으로 통일되어 있는 생명체로 보면서 환경 오염을 방지하는 운동뿐만 아니라 환경적으로 지속 가능한 사회 건설을 목표로 하고 있다.

갯벌과 철새 보존, 녹지 보존, 반핵평화운동, 야생동식물 보호 등의 활동을 하고 있으며 환경 정책에 대한 모니터링과 제안 등 환경 정치 활동에도 주력하고 있다.

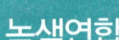

녹색연합

Green Korea United

　녹색연합은 국토의 오염 방지를 목적으로 하는 사회 단체로 전국 1만 5천 명의 회원이 전국에서 활동하고 있다.

　금수강산을 오염으로부터 되찾고, 나아가 대안문명운동으로서의 녹색생명운동을 널리 펼쳐, 궁극적으로 자연과 인간이 하나되어 살 수 있는 새로운 패러다임의 정립과 녹색세상을 건설하고자 하는 목표로 설립되었다.

　주요 활동은 시민과 함께 하는 환경운동, 지속 가능한 지역사회 만들기, 바다와 갯벌 살리기, 생태계 보전, 야생동물 보전, 미군기지 환경 문제 해결, 쓰레기매립지 현황 진단 및 주민 지원, 재생에너지 홍보와 보급 확산, 신규 원자력발전소 지정 백지화, 남북 환경협력 등이다.

ENVIRONMENTAL ESSAY

환경정의시민연대

Citizen's Movement for Environmental Justice

환경 친화적인 발전, 환경적으로 정의로운 세상을 시민들과 함께 만들어 가기 위해 설립한 시민 단체로 1998년 경실련 산하단체에서 독립하였다.

주로 환경 문제에 관해 연구 · 조사하며, 토론회 · 워크숍 · 심포지엄 · 시민대회 등을 개최해 시민의 의식을 넓히는데 주력하고, 참여를 유도하며, 다양한 분야의 전문가들의 자발적인 참여를 통해 대안적 환경 정책을 세우고 있다.

중점 사업으로는 생명의 물 살리기 운동, 환경정의포럼, 토지정의실천운동, 국민환경신탁운동(National Trust), 녹색가정 만들기, 미래세대 운동이 있다.

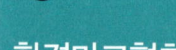

환경마크협회

Korea Environmental Labelling Association

　1992년 4월 환경마크제도 시행과 함께 발족된 협회로 환경표지 제도를 효과적으로 시행하여 환경 친화적이고 지속 가능한 개발을 촉진하고 국민들의 환경 보전 의식을 제고하여 환경 보전에 이바지하고자 설립된 기구이다.

　환경표지 대상제품 선정과 환경표지 인증사업, 환경표지제도 및 인증제품 보급 촉진을 위한 홍보사업, 환경상품시험평가센터 운영 등을 하고 있다.

ENVIRONMENTAL ESSAY

녹색소비자연대

Green Consumer Network in Korea

녹색소비자연대는 소비자들이 참여하는 시민 단체로서 비영리, 비정부, 비정당 기구이다.

지구 환경 위기를 극복하기 위해 소비자들과 함께 환경적인 새로운 생활 양식을 확립하는 것을 목적으로 소비자들의 권리와 이익을 보호하는 소비자행동망(Network)을 구축, 소비자 보호와 고객 우선주의를 앞세우며 소비자들의 안전할 권리, 알 권리, 보상받을 권리, 선택할 권리, 조직할 권리, 교육을 받을 권리, 의사가 반영될 권리, 쾌적한 환경에 살 권리 등을 위해 힘쓰고 있다.

1. 금강수계물관리및주민지원등에관한법률
2. 낙동강수계물관리및주민지원등에관한법률
3. 환경부와그소속기관직제
4. 폐기물관리법
5. 자원의절약과재활용촉진에관한법률
6. 먹는물관리법
7. 폐기물처리시설설치촉진및주변지역지원등에관한법률
8. 폐기물의국가간이동및그처리에관한법률
9. 대기환경보전법
10. 유해화학물질관리법
11. 한국자원재생공사법
12. 한강수계상수원수질개선및주민지원등에관한법률
13. 지하수의수질보전등에관한규칙
14. 영산강ㆍ섬진강수계물관리및주민지원등에관한법률
15. 수도권매립지관리공사의설립및운영등에관한법률
16. 폐기물관리법시행규칙중개정령

ENVIRONMENTAL ESSAY

17. 환경기술개발및지원에관한법률

18. 환경 · 교통 · 재해등에관한영향평가법

19. 환경관리대행기관의지정등에관한규칙

20. 국가지리정보체계의구축및활용등에관한법률(건설교통부소관)

21. 비상대비자원관리법시행규칙(환경부소관)

22. 지속가능발전위원회규정

23. 환경부소관이외환경행정업무수행에필요한법령

24. 수도법

25. 환경정책기본법

26. 지하수법

27. 하수도법

28. 수질환경보전법

29. 소음 · 진동규제법

30. 지하생활공간공기질관리법

31. 환경분쟁조정법

32. 오수 · 분뇨 및 축산폐수의처리에관한법률

33. 환경개선비용부담법

34. 자연환경보전법

35. 환경개선특별회계법

36. 환경범죄단속에관한특별조치법

37. 자연공원법

38. 환경관리공단법

39. 습지보전법

ENVIRONMENTAL ESSAY